LES CLASSIQUES DE L'ORIENT

COLLECTION PUBLIÉE SOUS LE PATRONAGE

DE

L'ASSOCIATION FRANÇAISE DES AMIS DE L'ORIENT

ET

LA DIRECTION DE VICTOR GOLOUBEW

VOLUME ~~IX~~ X

IL A ÉTÉ TIRÉ DU PRÉSENT OUVRAGE :
15 EXEMPLAIRES IMPRIMÉS EN DEUX ENCRES SUR VÉLIN D'ARCHES A LA FORME, RENFERMANT UNE DOUBLE SUITE EN NOIR ET EN BISTRE DES PLANCHES HORS TEXTE SUR PAPIER DE SOIE JAPON TYCOON, NUMÉROTÉS DE 1 A 15;
140 EXEMPLAIRES IMPRIMÉS EN DEUX ENCRES SUR VÉLIN D'ARCHES A LA FORME, NUMÉROTÉS DE 16 A 155;
1.500 EXEMPLAIRES IMPRIMÉS SUR VÉLIN BOUFFANT DES PAPETERIES DE PAPAULT, NUMÉROTÉS DE 156 A 1655.

N° 895

L'HISTOIRE ROMANESQUE
D'UDAYANA
ROI DE VATSA

LES CLASSIQUES DE L'ORIENT

L'HISTOIRE ROMANESQUE D'UDAYANA

ROI DE VATSA

EXTRAITE

DU

KATHÂ-SARIT-SÂGARA

DE

SÔMADÊVA

ET TRADUITE POUR LA PREMIÈRE FOIS DU SANSCRIT EN FRANÇAIS AVEC UNE INTRODUCTION ET DES NOTES

par

FÉLIX LACÔTE

Professeur à l'Université de Lyon

Bois dessinés et gravés par Jean BUHOT

ÉDITIONS BOSSARD

43, RUE MADAME, 43

PARIS

1924

AVIS
SUR LA TRANSCRIPTION
DES
NOMS SANSCRITS

Pour prononcer correctement les noms sanscrits, le lecteur est prié de tenir compte des conventions typographiques ci-après :

u, ù = *ou, oû* de l'orthographe française,

ṛi = *r* suivi d'un *i* très bref,

ai, diphtongue, à peu près comme dans français *bail,*

au, diphtongue, à peu près comme dans français *aoûté,*

č = italien *c* devant *e* ou *i* (approximativement *tch*),
j = anglais *j* (approximativement *dj*),
ñ = *gn* de l'orthographe française (*agneau*),
ç et sh = approximativement *ch* de l'orthographe française.

Consonnes pointées : ṅ et ṃ indiquent que la voyelle précédente est nasalisée; ṭ, ḍ, ṇ, se prononcent comme les consonnes dentales anglaises (exemple *London*).

Ces dernières particularités peuvent être entièrement négligées dans la prononciation.

N. B. — Pour suppléer à l'absence de signes diacritiques dans les noms cités en notes, on a adopté la convention suivante : si le nom est en romain, les caractères qui devraient être pourvus d'un signe diacritique sont imprimés en italique; si le nom est en italique, ils sont imprimés en romain.

INTRODUCTION

Le Kathâ-sarit-sâgara, « Océan qui reçoit les rivières des contes », immense et en vers, fut écrit au Cachemire, entre 1063 et 1082. Le brâhmane Sômadêva le composa, dit-il, sous Kalaça, pour distraire la reine-mère Sûryavatî de ses malheurs. Déchirée entre son mari, le faible Ananta, et son fils, le triste Kalaça, la pieuse princesse ne devait pas être facile à divertir! Il se peut que Sômadêva y ait échoué; il a réussi du moins à faire les délices d'innombrables lecteurs.

Son livre est resté populaire comme trésor à la fois de vieilles fables et de bonne langue sanscrite, classique à ce double titre, malgré sa date tardive.

On le consulte souvent comme une source où

a puisé la littérature d'imagination dans les siècles qui l'ont précédé : cela est paradoxal et se justifie cependant.

Sômadêva n'a rien créé, hormis la forme. Il n'est qu'un adaptateur; il le proclame lui-même et il s'en fait gloire.

A une date indéterminée mais ancienne, vraisemblablement dans le IIIe siècle de notre ère, un certain Guṇâḍhya, qui vécut dans la région allant d'Ujjayinî à Kauçâmbî, écrivit la Bṛihatkathâ, « la Grande Histoire », aujourd'hui perdue, le premier en date et longtemps le plus célèbre des grands romans de l'Inde (1).

Sa popularité fut durable : les allusions qu'y font les écrivains postérieurs l'attestent et aussi la légende formée de bonne heure autour du livre et de l'auteur. Guṇâḍhya passa pour être un génie céleste attaché au dieu Çiva, puis tombé dans la condition humaine; au Népal, il est au rang des saints. Son livre, comme le Râmâyaṇa et le Mahâbhârata, est « inspiré », quoique à un degré inférieur. Çiva contait, son épouse Pârvatî écoutait : l'oreille d'un génie indiscret recueillit le récit!

Guṇâḍhya est resté un grand nom; néanmoins,

---

(1) Étude d'ensemble sur Guṇâḍhya et son œuvre : *Essai sur Guṇâḍhya et la Bṛihatkathâ*, par F. Lacôté. Paris, Leroux, 1908.

l'original de son œuvre s'est perdu. Selon l'usage en vigueur quand il s'agissait d'œuvres profanes, aux premiers siècles de notre ère, il avait employé une langue, littéraire sans doute, mais plus voisine d'un dialecte parlé que ne l'était le sanscrit, ce qu'on appelle un prâkrit. Or, les prâkrits furent dans la suite détrônés par le sanscrit classique. Celui de Guṇâḍhya, la paiçâcî, fut de bonne heure désuet; sans les grammairiens qui nous en ont conservé quelques bribes, nous le connaîtrions à peine.

La « Grande histoire » fut donc vouée aux remaniements pour cette raison. Et pour une autre encore.

C'était une « kathâ », c'est-à-dire un récit mis dans la bouche de l'un des héros — ici, dans celle du héros principal — contant sa propre histoire et rapportant les récits à lui faits par les autres personnages, lesquels contiennent, à leur tour, ceux que ces derniers ont entendus de diverses personnes, et ainsi de suite. Ce type de composition appelle l'interpolation. A vrai dire, les héros ne devraient tenir que les discours nécessaires à l'action, apprenant aux interlocuteurs les événements qu'il leur faut connaître et dont ils n'ont pu être les témoins; mais combien il est tentant de leur prêter des contes pour le seul plaisir de conter! L'intérêt dramatique en pâtit;

c'est une faute; un artiste comme Bâṇa, qui écrivit sa Kâdambarî au VIIe siècle et en serra la texture, s'est gardé d'y tomber. Mais il est certain que Guṇâḍhya n'y regardait pas de si près! Sa « Grande histoire » devait contenir plus d'un conte superflu, ce n'en était peut-être pas le moindre charme! Une « kathâ » est un cadre, extensible à volonté; la sienne était propre à recevoir tous les récits accessoires qu'on voudrait, à devenir l' « océan » où afflueraient les rivières des contes.

C'est ce qui lui est arrivé. La recension qui en existait au Cachemire, du temps de Sômadêva, était une immense compilation en dix-huit livres, où des contes variés de toute origine se lisaient par centaines. La vieille mythologie orthodoxe y coudoyait les légendes empruntées à la tradition bouddhique, d'ailleurs dépouillées de tout caractère religieux; la « sagesse politique » y voisinait avec les « nouvelles » galantes; on y trouvait les fables du Pañčatantra et les Contes du vampire, sans compter une longue histoire sur le héros Vikramâditya, qu'il faudrait beaucoup de complaisance pour faire remonter plus haut que Guṇâḍhya lui-même. Par contre, l'histoire principale, celle qui, à n'en pas douter, était l'essentiel dans l'original, avait été abrégée, remaniée dans ses détails et dans son esprit, disloquée pour recevoir ce flot de matières nouvelles. L'œuvre de Guṇâḍhya, de veine bourgeoise, qui mettait en scène marchands et petites gens, et qui par là fleurait le bouddhisme, avait été décrassée de sa roture, haussée au ton plus noble de la littérature classique. Une autre version d'une partie de la Bṛihatkathâ, celle-là en sanscrit (¹), dont nous n'avons pas à parler ici, nous permet d'en juger.

C'est cette compilation, rédigée encore en paiçâcî, au Cachemire, quelques siècles plus tôt, et devenue illisible pour le commun des gens cultivés, que Sômadêva entreprit d'abréger, d'alléger, de polir en un joli sanscrit. Il en respecta tous les éléments, se bornant à modifier quelque peu l'ordre des livres, pour la clarté; et il y mit son esprit, sa grâce, sa bonhomie narquoise et cette pointe de lyrisme qui rehausse de temps en temps la tenue du style, simple sans platitude, savant sans affectation. Ce sont là ses mérites propres.

Il avait été précédé par un écrivain de talent, d'une fécondité inquiétante, le polygraphe Kshêmêndra qui, quelque vingt ans auparavant, s'était exercé à mettre la Bṛihatkathâ cachemirienne en « bouquet » (mañjarî), comme il fit

---

(¹) *Brihatkathâ-çlôka-saṃgraha*, de Budhasvâmin, édité et traduit par F. Lacôte. Paris, Leroux.

pour le Mahâbhârata et le Râmâyaṇa. Dans sa Bṛihatkathâmañjarî, il réduit le récit au plus menu des squelettes; virtuose de la description, il ne cherche que prétextes à étaler les fleurs, combien artificielles, de sa rhétorique ampoulée. Sômadêva, dans son introduction, fait une allusion maligne à ce rival, pour lui donner une leçon à la fois d'art et de modestie. Il l'a complètement éclipsé.

On comprend maintenant pourquoi le témoignage de Sômadêva, qui est du XIe siècle, peut cependant être invoqué comme celui d'un ancien. Non seulement il nous a conservé quantité de vieux contes dont il n'existe pas toujours d'autre version, mais il est réellement un ancien en tant qu'il représente Guṇâḍhya disparu. Sa fidélité à l'égard de la compilation cachemirienne n'est pas douteuse. Voilà qui nous fait déjà remonter au VIIe ou au VIIIe siècle. Dans quelle mesure celle-ci, à son tour, était-elle fidèle à l'original? L'opinion traditionnelle dit : entièrement. La mienne, on l'a vu, est différente. Ce n'est pas ici le lieu de rouvrir ce débat. Il a son importance pour la solution de divers problèmes d'histoire; mais ce sont des questions qui n'ont rien à voir avec le mérite littéraire de l'œuvre de Sômadêva.

Elle a été publiée à Leipzig par H. Brockhaus, de 1839 à 1866. Plus récemment, les paṇḍits

Durgâprasâd et Kâçinâth Pâṇḍurang Parab ont édité à Bombay un texte plus pur (2e édition, 1903), sur lequel J. S. Speyer a proposé de nombreuses conjectures assez souvent heureuses (Studies about the Kathâ-sarit-sâgara, *Amsterdam, 1908). Il existe en allemand une traduction des cinq premiers livres, par H. Brockhaus, médiocre; et de quelques fragments, par J. Hertel (1903) et par von der Leyen (1897); le premier fascicule d'une traduction par A. Wesselsky, que je n'ai pas vu, a paru à Berlin en 1915. En anglais, nous avons la traduction de C. H. Tawney, parue de 1880 à 1884 dans la* Bibliotheca Indica, *soignée et agréable; elle est faite sur le texte de Brockhaus, amélioré par endroits d'après les manuscrits. Il n'existe aucune traduction française.*

Cela est regrettable : à beaucoup d'égards, l'« Océan » de Sômadêva peut être mis en parallèle avec les « Mille et une nuits ». Mais son étendue rend redoutable l'entreprise d'une traduction complète. J'ai voulu en offrir un fragment aux lecteurs de la Collection des « Classiques de l'Orient »*; il représente à peine un vingt-cinquième de l'ensemble.*

J'ai choisi l'histoire d'Udayana parmi d'autres qu'il serait aussi aisé de détacher, pour plusieurs raisons. Il m'a paru qu'un récit appartenant au

roman proprement dit, était préférable à un conte adventice. En outre, cette partie est la plus célèbre, celle qui, malgré quelques altérations, remonte le plus sûrement à l'auteur primitif, celle qui laisse le mieux voir dans quel fonds il a puisé. Enfin, le récit y est vif, suffisamment dramatique, peu encombré de superflu; on peut en éliminer sans dommage les contes inutiles (1) *qui ne représentent guère plus de la moitié du texte total. Udayana est le protagoniste dans les livres II et III (qui sont en fait les deux premiers du Kathâ-sarit-sâgara, celui qui porte le numéro I étant consacré à la légende de Guṇâḍhya) : dans la suite, il n'est plus qu'un comparse; l'intérêt passe à son fils, le futur souverain des Enchanteurs. Ces deux livres forment une section se suffisant à elle-même et la seule pour laquelle on puisse citer d'abondantes références dans la littérature.*

Le personnage d'Udayana est un type classique au théâtre. Râma est l'exemple du héros noble; Udayana est celui du héros tendre et léger, du héros de la comédie, ami des arts et de la danse, amoureux et passionné, séduisant et volage. C'est lui que Harsha met en scène dans Ratnâvalî et dans Priyadarçikâ; sous un autre nom, c'était encore ce type qui, plus tôt, servait

(1) Voir le tableau de concordance, à la fin de ce volume.

de modèle à Kâlidâsa, dans Agnimitra et Mâlavikâ. Plus anciennement, le vieux Bhâsa avait tiré de son histoire deux pièces, l'une qui met sur le théâtre la séduction de Vâsavadattâ (le Pratijñayaugandharâyaṇa) et l'autre, cette comédie plus grave, « Vâsavadattâ au songe » (Svapnavâsavadatta), émouvante et douloureuse, où l'on voit la femme amoureuse sacrifier son bonheur à l'intérêt de l'époux aimé, souffrir sans qu'il le sache et le faire souffrir pour le sauver — un des plus beaux sujets que puisse rencontrer un poète dramatique (1). *Nos lecteurs, s'ils s'intéressent au théâtre, auront donc le plaisir de connaître, dans la version la plus agréable qu'on puisse leur en présenter, un de ces vieux contes auxquels la comédie indienne s'est plu à emprunter des personnages et des sujets.*

Ils verront en même temps ce que devient dans la littérature narrative une ancienne légende familière aux bouddhistes. Une suite d'histoires sur Udayana (en pâli Udêna) figure en effet, partie dans le commentaire de Buddhaghosha sur le Dhammapada (2), *partie dans le Divyâvadâna;*

---

(1) Existent en traduction française : *Priyadarçikâ*, trad. Strehly (Paris, Leroux); *Agnimitra et Mâlavikâ*, trad. V. Henry (Paris, Maisonneuve); *Vâsavadattâ au songe*, trad. Baston (Paris, Leroux).

(2) Voir, dans cette collection, cinq contes traduits du pâli par Mlle S. Karpelès.

et un cycle concernant son beau-père, Mahâsêna-le-Cruel (appelé aussi Pradyôta d'Avanti) se lit dans la traduction tibétaine du Vinaya (« section de la discipline ») de la secte des Mûla-Sarvâstivâdins. En outre, les deux personnages, Udayana surtout, sont très souvent mentionnés dans d'autres textes, comme comparses ou comme héros d'aventures plus ou moins édifiantes. Ils sont mis en rapport avec le Buddha ou ses apôtres et ils finissent naturellement par faire figure de convertis (1). *Cependant, leur histoire n'a rien de bouddhique en elle-même, et l'on ne peut qu'admirer qu'elle ait fourni de pieuses lectures! Le bouddhisme l'a tirée à lui. Mais l'auteur profane qui l'a recueillie aux lieux même où elle était née n'a pas eu besoin d'en effacer les traits édifiants : elle n'en avait aucun à l'origine.*

Romans populaires et contes bouddhiques viennent du même fonds, celui précisément qu'ont négligé les auteurs des grandes épopées brâhmaniques et plus tard ceux des poèmes classiques, qui relèvent du genre noble : il était en dehors du cycle orthodoxe et même il risquait de paraître entaché d'hérésie, étant utilisé par des hérétiques. Mais qui écrivait des contes fantastiques pour un public bourgeois, comme l'auteur de la « Grande

(1) Voir Essai sur Gunâdhya, IIIe partie.

histoire », n'était pas tenu au même dédain.

Ces légendes ont une autre faiblesse. Celle de Râma ou celle des Pâṇḍavas ont un caractère d'universalité qui en pouvait faire des traditions nationales — dans la mesure où ce terme s'applique en parlant de l'Inde ancienne. Par contre, celles d'Udayana ou de Mahâsêna appartenaient au folk-lore particulier d'une cité. Udayana à Kauçâmbî, Mahâsêna à Ujjayinî étaient de vieilles figures locales dont la gloire ne dépassait pas les limites d'un canton. Il fallait aller sur place pour entendre leur légende. Là seulement elle avait un sens. En veut-on un exemple? La grande fête d'Ujjayinî était celle de l'oblation d'eau aux mânes du héros Aṅgâraka, un genius loci, animal peut-être (un sanglier). Sômadêva conte l'histoire qui en fournit l'explication officielle, celle du mariage de Mahâsêna, roi d'Ujjayinî et meurtrier de son mythique beau-père. Qui ne voit que celle-ci fut inventée pour justifier une fête rituelle propre à Ujjayinî et dont personne sans doute ne connaissait plus le véritable sens? Le conte, comme la fête, n'avait qu'un intérêt local.

Le bouddhisme a accueilli ces traditions dans son trésor de légendes parce que celui-ci, compilé par les docteurs de l'Église, admet l'apport des vieux contes populaires, chers aux diverses com-

munautés du territoire. Et il s'est trouvé qu'une œuvre profane, s'adressant au même public que la propagande bouddhique, a englobé, sans visée religieuse, les mêmes éléments.

On ne se demandera pas ce qu'ils peuvent renfermer de vérité historique. La plupart des légendes héroïques en contiennent quelques bribes. Il ne paraît guère douteux que Mahâsêna d'Ujjayinî, Udayana de Kauçâmbî aient réellement existé. Néanmoins, quant à leurs aventures, ils ne sont réels qu'à la manière des héros de la guerre de Troie et un peu moins peut-être que le Charlemagne de la Chanson de Roland.

Il vaut mieux chercher à distinguer ce que l'auteur primitif a emprunté aux traditions et ce qu'il a inventé. Toute l'histoire du mariage d'Udayana et de Vâsavadattâ, y compris la mort de cette dernière dans les flammes, vient des légendes dont nous avons parlé. Mais que cette mort soit une feinte inspirée par l'amour conjugal, et tout ce qui s'ensuit, en somme, la partie la plus pathétique, cela est une invention de Guṇâḍhya. Quant à la conquête de l'Inde, elle n'est qu'une fantaisie, un prétexte à discours et à descriptions lyriques; les anachronismes y foisonnent; mais ils ne sauraient être imputés à l'original : cet épisode n'est qu'une réplique du récit de la conquête du monde qu'on lit dans le Raghu-

vaṃça de Kâlidâsa, lequel est postérieur à Guṇâḍhya. La vérité historique est le dernier des soucis de Sômadêva!

Il ne veut que vous divertir avec de vieilles fables auxquelles il ne vous demande pas de croire plus qu'il n'y croit lui-même. Il vous l'indique discrètement. Une aventure est-elle invraisemblable? « Vous vous étonnez..., vous dit-il. Dites plutôt qu'il n'est rien d'impossible, quand le Seigneur le veut! » Et si vous pouviez penser qu'il prend au sérieux ces rois des temps héroïques qui ont leurs petites entrées chez Indra et qui se promènent dans le paradis comme chez eux, un mot léger, en passant, vous fera sentir qu'il n'est point dupe : « Les dieux s'amusaient dans leur jardin avec leurs maîtresses... »

Mais se présente-t-il une situation pathétique? Il sait, sans quitter ce ton détaché qui lui est ordinaire, observer la note juste, trouver le mot qui peint et la comparaison suggestive. L'expression est sobre parce qu'il a du goût.

Cependant, il ne conte pas tout à fait que pour conter. Il entremêle le récit de quelques morceaux sur le mode lyrique. C'est la loi du genre. Il faut de ces hors-d'œuvre éclatants où le poète déploie sa virtuosité et qui feront pousser des « ah! » aux connaisseurs. La préciosité est inhérente à la poésie indienne. Les plus anciennes épopées n'en sont pas exemples. Qu'il se présente un thème, noces, fête populaire, réception solennelle d'un prince, entrée en campagne, marche victorieuse d'une armée, etc., tout bon poète se doit de le traiter. Le fond n'importe en rien. Il s'agit de décrire ce que des milliers d'autres ont décrit, sans dire comme eux. Ce n'est pas facile! Le trait neuf, la comparaison ingénieuse à laquelle personne n'avait encore songé, en reste-t-il après tant de rhéteurs? Il faut au moins renouveler les images par la manière de dire! Sômadêva s'estimerait inexcusable d'esquiver cette partie de sa tâche; il y donne tous ses soins et là il ne fait plus œuvre d'adaptateur.

Dans le seul roman d'Udayana, on trouvera plusieurs fêtes, deux marches d'armée, des entrées de princes, etc.

C'est ce qui risque de plaire le moins au lecteur, ce qui peut, par endroits, choquer un peu son goût ou même le goût! Que de peine ont pu coûter ces morceaux brillants, si inutiles! Il n'en faut pas trop médire. Dans le nombre des images subtiles et souvent forcées, il s'en trouve de saisissantes. L'expression manque presque toujours de simplicité, parce qu'elle se torture pour être neuve, mais l'imagination est quelquefois d'un vrai poète. Et c'est de trouvailles de ce genre que la poésie classique de l'Inde a vécu!

Ces passages donnent le plus de tourment au traducteur. La différence entre les procédés d'expression du sanscrit et ceux du français est telle, qu'il est toujours difficile de ne sacrifier ni la fidélité au texte ni les qualités de notre langue. J'ai tâché à la fois d'être exact, modelant même ma phrase sur la phrase sanscrite, et d'écrire en français. Le lecteur est assuré d'avoir sous les yeux un calque du texte, qui en respecte le sens littéral, le ton et les intentions; si la forme française, par surcroît, lui paraît naturelle, j'aurai réussi. Et les images dont le burin habile de M. Jean Bubot a illustré cette vieille histoire, en s'inspirant avec tant de goût de l'iconographie et de la peinture indiennes, mettront autour d'elle, pour la faire mieux comprendre, l'atmosphère du pays natal.

L'HISTOIRE ROMANESQUE D'UDAYANA ROI DE VATSA

CHAPITRE PREMIER
L'OISEAU RAVISSEUR

Il est un pays célèbre, le Vatsa (1), que le Créateur forma comme pour donner au Paradis un rival terrestre qui rabattît son orgueil. Au centre est Kauçâmbî, la capitale, demeure où se plaît la Fortune, capsule centrale, dirai-je, de cette fleur de lotus qu'est la Terre (2).

Là régnait Çatânîka, descendant de Pâṇḍu : fils

de Janamêjaya, petit-fils de Parîkshit, arrière-petit-fils d'Abhimanyu, il avait pour trisaïeul Arjuna, dont le bras valeureux parut être celui d'Indra même (¹). Pour épouses, il avait la Terre et la reine Vishṇumatî; mais si la première lui donnait des joyaux, l'autre ne lui donnait pas de fils!

Certain jour que le roi, passionné pour la chasse, errait par monts et par vaux, il fit la connaissance de l'ermite Çâṇḍilya, dans un bois. Pour obliger le roi, qui désirait un fils, cet excellent ermite vint à Kauçâmbî. Il prépara une bouillie d'offrande, sanctifiée par la vertu de formules sacrées et il la fit manger à la reine. Par ce moyen le roi eut un fils qu'on appela Sahasrânîka et qui fut pour le lustre de son père ce qu'est la modestie pour le mérite.

Dans la suite, Çatânîka le fit prince héritier et, ne gardant de la royauté que les plaisirs, se déchargea du souci de gouverner.

Sur ces entrefaites, Indra eut guerre avec les Asuras (²). Désirant l'appui du roi Çatânîka, il lui dépêcha comme ambassadeur Mâtali (³). Çatânîka donna à son premier ministre Yugandhara et à son connétable Supratîka la haute main sur son fils et sur son royaume et, dans la pensée de se battre à plaisir et d'exterminer les Asuras, il alla avec Mâtali rejoindre Indra. Il tua Yamadaṃshṭra et beaucoup d'autres Asuras, sous les yeux d'Indra, mais il trouva la mort au milieu de la mêlée : Mâtali rapporta son corps et la reine le suivit sur le bûcher (¹).

La splendeur royale devint l'apanage de son fils Sahasrânîka et, chose merveilleuse, quand celui-ci fut monté sur le trône de ses pères, la sensation d'un poids fit courber la tête aux rois, de toutes parts.

Or Indra, à l'occasion de sa victoire sur ses adversaires, donnait une grande fête : Sahasrânîka, fils de son ami, fut invité au Paradis; Indra l'envoya chercher par Mâtali. Dans leur jardin les Dieux s'amusaient, en compagnie de leurs maîtresses. Ce spectacle inspira quelque mélancolie au roi, qui souhaitait d'avoir une femme pouvant aller avec lui. Son désir n'échappa point à Indra, qui lui dit :

« Ne te désole pas! Tes vœux seront comblés! Il est né sur la terre une femme qui t'égale, créée pour toi dès l'origine. Ceci est une histoire que tu dois entendre : je vais te la conter :

« Jadis, un jour que j'allais voir le Grand-père (¹) à sa cour, un Vasu (¹), nommé Vidhûma, était sur mes talons. Comme nous étions là, une apsaras (¹), nommée Alambushâ, arrive pour contempler Brahmâ. Le vent entr'ouvre sa robe et le Vasu, à peine a-t-il vu son corps, tombe sous l'empire de l'amour. De son côté, l'apsaras soudain a l'œil tiré par la beauté du personnage. A ce spectacle, le dieu né du lotus (¹) me regarde dans les yeux et moi, comprenant son intention, je maudis les deux créatures sur un ton irrité : « Tombez dans le monde « des mortels, tous deux, impudiques ! Vous y « deviendrez mari et femme ! » Le Vasu renaquit en ta personne, Sahasrânîka, comme fils de Çatânîka et ornement de la race lunaire. L'apsaras s'est incarnée à Ayodhyâ (11) en la fille du roi Kritavarman, nommée Mrigâvatî; c'est l'épouse qui t'est destinée ! »

Ce discours d'Indra fut pour le cœur inflammable du roi comme un vent qui soulève l'incendie : soudain l'amour y flamba !

Là-dessus, Indra, le comblant d'honneurs, le renvoya dans son propre char, sous la conduite de Mâtali. Comme il partait pour regagner sa ville, l'apsaras Tilottamâ lui dit amoureusement :

« Sire, j'ai quelque chose à vous dire ! Attendez un peu ! »

Sans l'écouter il s'éloigna, ne pensant qu'à Mrigâvatî. Tilottamâ déçue, en rage, proféra cette malédiction :

« Elle a ravi ton cœur, roi; elle t'empêche de m'écouter ! Eh bien, pendant quatorze ans elle sera séparée de toi ! »

Mâtali entendit cela, mais le roi non, tant son désir s'élançait vers sa belle ! Tandis que le char le portait à Kauçâmbî, son cœur l'emmenait à Ayodhyâ ! Il rapporta à Yugandhara et aux autres ministres tout ce que lui avait dit le dieu, touchant

Mṛigâvatî, avec un sentiment passionné, et, pour demander la jeune fille à son père, il dépêcha à Ayodhyâ un ambassadeur, ne pouvant souffrir de perdre une minute.

Kṛitavarman, ayant ouï son message, fut ravi. Il en fit part à la reine Kalâvatî. Celle-ci fut d'avis qu'il fallait absolument donner Mṛigâvatî à Sahasrânîka, attendu qu'elle se rappelait avoir eu un songe dans lequel un brahmane lui disait exactement les mêmes choses. Le roi, enchanté, exhiba à l'ambassadeur les divers talents de Mṛigâvatî, qui savait danser, chanter, etc., et dont la beauté était nonpareille. Et il accorda à Sahasrânîka la main de sa fille en qui tous les arts les plus charmants s'étaient donné rendez-vous et qu'on eût dite la lune incarnée. Cette union de Sahasrânîka et de Mṛigâvatî fut pour le bénéfice réciproque de leurs mérites respectifs comme l'alliance de la science et de l'intelligence.

Peu après naquit un fils à chacun des ministres. Celui de Yugandhara eut nom Yaugandharâyaṇa, celui de Supratîka, Rumaṇvat. Le compagnon des plaisirs du roi en eut un aussi, Vasantaka. Enfin, à quelques jours de là, la reine Mṛigâvatî, portant en elle une promesse de postérité pour le roi, se mit à pâlir.

Son époux ne se lassait point de la contempler. Elle lui confia qu'elle avait une envie, le priant de la contenter ; c'était de se baigner dans un étang qu'on aurait rempli de sang. Le roi, voulant satisfaire à son désir, sans enfreindre la morale, fit emplir un bassin d'une solution de laque et autres matières colorantes : cela ressemblait à un lac de sang. La reine, s'y baignant, se trouva enduite de laque rouge. Soudain, un oiseau de la race de Garuḍa fond sur elle et l'enlève, pensant qu'elle fût un quartier de chair (").

Il l'emportait ! Où ? Et à sa suite, comme pour l'aller chercher, partit le sang-froid de Sahasrânîka, à qui l'âme échappait — âme fidèle, que l'oiseau apparemment emportait aussi, car le roi tomba sans connaissance ! L'instant d'après, quand il eut reprit ses sens, Mâtali était là : il avait connu le fait par sa sagesse divine et il était descendu par les routes du ciel. Il réconforta le roi, lui exposant que cela aurait une fin et lui expliquant la malédiction de Tilottamâ, telle qu'il l'avait entendue naguère. Lui parti, le roi se lamente : « Ah, ma chérie ! La voilà donc satisfaite, cette peste de Tilottamâ ! » Accablé de chagrin, il n'avait point de cesse ; mais sachant ce qu'il en était de la malédiction et cédant aux objurgations de ses ministres, que bien, que mal, il supporta de vivre, dans l'attente d'un revoir futur.

Quant à la reine Mṛigâvatî, l'oiseau gigantesque, au bout d'un moment qu'il l'emportait, s'était aperçu qu'elle était vivante! Il la déposa et par heureuse chance, ce fut sur la Montagne de l'Orient ([11]). Lui parti, la reine, pénétrée de chagrin et de terreur, se vit abandonnée sur le versant d'une montagne inaccessible. Toute seule, sans robe de rechange, elle pleurait dans la forêt.

Un grand serpent boa se dressa et se mit en devoir de la dévorer! Mais un avenir heureux l'attendait : dans le même moment un héros divin tua le serpent et la délivra, et sitôt apparu disparut.

Survint un éléphant sauvage : ne souhaitant que la mort, elle se jeta sous ses pas. Il l'épargna, comme s'il eût eu pitié! Vous vous étonnez qu'une bête sauvage même ne l'ait pas écrasée, quand elle gisait sur son chemin? Dites plutôt qu'il n'est rien d'impossible quand le Seigneur le veut!

Alors la pauvre enfant se dirigea vers un précipice, alourdie par le fardeau de ses entrailles, évoquant l'image de son époux et sanglotant à pleine gorge. A ce bruit accourut un jeune ermite, qui se trouvait là tout seul, étant venu pour chercher des fruits et des racines! La voyant pareille à la douleur incarnée, il l'interrogea. Ayant appris ce qui s'était passé, il la consola de son mieux et, le cœur mouillé de pitié, il l'emmena à l'ermitage de Jamadagni.

Elle vit ce saint : en lui s'incarne, pour ainsi dire, la consolation et son éclat fait que le Mont de l'Orient reste toujours baigné de la lueur du soleil levant (11). Elle se jeta à ses pieds et le sage, tendre à qui le prend pour refuge, la voyant, par la grâce de son intuition divine, torturée par la douleur de la séparation, lui dit :

« Ma fille, c'est ici que tu mettras au monde un fils, soutien de la race de son père. Tu seras plus tard réunie à ton époux. Ne te fais pas de chagrin ! »

C'est ainsi que la vertueuse Mṛigâvatî dut au saint une retraite dans son ermitage et l'espoir de retrouver son bien-aimé.

Le temps venu, elle mit au monde un fils, un vrai bijou : de femme irréprochable naît fils qu'on renomme, comme d'honnête société bonne conduite ! « Auguste est le roi qui est né ! Sous le nom d'Udayana il sera glorieux ; et le fils qu'il aura sera souverain des Enchanteurs ! » dit une voix céleste qui, dans le même instant, s'éleva de l'atmosphère. Et cela mit en fête le cœur de Mṛigâvatî, qui avait oublié ce qu'est la joie !

Peu à peu, le petit Udayana, sans sortir du bois entourant l'ermitage, grandit et en même temps grandirent ses mérites naturels, les seuls camarades, si l'on peut dire, qu'il eût. Jamadagni lui imposa tous les sacrements qui sont de règle pour la caste des guerriers ; il l'instruisit dans les sciences et dans le tir à l'arc. L'enfant était un brave et sa mère l'aimait tant qu'elle retira de son poignet, pour le passer au sien, son propre bracelet portant gravé le nom de Sahasrânîka.

Errant dans la forêt pour chasser aux gazelles, il rencontra un çabara (") qui s'était rendu maître d'un serpent. Le serpent était beau : Udayana eut pitié de lui :

« Rends-lui la liberté, je t'en prie! » dit-il au çabara. « C'est mon gagne-pain, seigneur! » répliqua l'autre. « Je suis un pauvre homme et je vis de faire danser le serpent; c'est mon métier. Le serpent que je possédais auparavant est mort; j'ai engourdi celui-ci par la vertu de formules et de simples et je l'ai attrapé. Il m'en a coûté bien des recherches dans la grande forêt. »

Udayana était généreux. Il remit au çabara le bracelet que lui avait donné sa mère; en échange, l'homme rendrait la liberté au serpent. Le çabara prit le bracelet et s'éloigna. Et voilà le serpent qui fait la révérence à l'enfant et lui dit avec amour (") :

« Je m'appelle Vasunêmi; je suis le frère aîné de Vâsuki ("). Prends ce luth que je te donne pour m'avoir protégé : ses cordes rendent un son délicieux; il est gradué selon l'échelle tonique, par quarts de ton. Tiens aussi des feuilles de bétel, avec des secrets pour garder fraîches les guirlandes de fleurs et la couleur des grains de beauté dont on se pare le front (")! »

Le serpent, lui ayant remis ces présents, le laissa retourner à l'ermitage de Jamadagni. Son arrivée fut, pour les yeux de sa mère, comme une pluie d'ambroisie.

Sur ces entrefaites, le çabara qui, venu dans la forêt sans but précis, avait reçu le bracelet dont le destin voulait qu'Udayana lui fît don, s'en était allé vendre le bijou au marché. Le bracelet était marqué au nom du roi ! Les gendarmes arrêtèrent l'homme et l'emmenèrent à la cour de justice royale.

Le roi l'interrogea lui-même : « Où as-tu pris ce bracelet? » lui demanda-t-il tristement. Le çabara répondit que c'était sur la Montagne de l'Orient. Il conta la capture du serpent et comment il avait obtenu le bracelet, enfin, toute son aventure. L'ayant ouï, le roi Sahasrânîka qui reconnaissait dans le bracelet celui de sa bien-aimée, flotta dans le doute, allant d'une hypothèse à l'autre.

« Finie la malédiction qui était sur toi, sire, Mṛigâvatî se trouve sur la Montagne de l'Orient, à l'ermitage de Jamadagni ! Et ta femme a ton fils avec elle ! » dit une voix céleste qui lui fut délicieuse dans le chagrin de sa solitude comme l'ondée l'est au paon dans la fièvre de la canicule.

L'impatience de son désir lui fit trouver ce jour interminable. Il s'acheva cependant, et, le lendemain, le roi Sahasrânîka, avec le désir impétueux de retrouver l'épouse tant aimée, partit, accompagné de ses gardes, le çabara en tête, pour l'endroit où se tient l'ermitage, sur la Montagne de l'Orient.

CHAPITRE II

UDAYANA RETROUVÉ

APRÈS une longue étape, le roi campa, ce jour-là, au bord d'un lac, dans une forêt, et s'étant couché très las, sur le soir, il dit à un conteur nommé Saṃgataka, venu pour le plaisir de le servir, de lui conter quelque histoire qui lui réjouît le cœur — son cœur qui soupirait après la fête de revoir ce lotus, le visage de Mṛigâvatî!

« Sire, dit Saṃgataka, à quoi bon vous tourmenter? Votre douleur est vaine! Voici venir l'heure où vous serez réuni à la reine, où la malédiction va prendre fin! Réunions, séparations, sont incidents fréquents dans la vie des hommes. A ce propos, je vous citerai, sire, l'histoire de ce Çrîdatta qui conquit la Terre jusqu'à l'Océan et qui, séparé de sa Mṛigâṅkavatî, finit par sortir de peine et par vivre heureux avec elle! Une longue séparation est un océan de chagrin, mais les cœurs fermes supportent la traversée et trouvent le bonheur! »

Ayant ouï l'histoire, le roi Sahasrânîka passa la nuit sur le chemin, à soupirer après sa bien-aimée; puis, au matin, il partit pour la rejoindre : son char l'emportait, son désir aussi; et sa pensée, lancée en avant, allait plus vite que lui!

En quelques jours, il atteignit l'ermitage de Jamadagni, séjour de paix où les bêtes même renoncent aux folies. Il y vit, lui offrant l'hospitalité, ce Jamadagni de qui rayonne la purification, en qui prennent corps tous les ascétismes et il se prosterna.

Le sage lui remit la reine Mṛigâvatî avec son fils. Après une si longue séparation, c'était comme la paix recouvrée avec la joie! Et le temps maudit ayant pris fin, quand les époux se regardèrent l'un l'autre, ce fut comme l'ambroisie qui plut dans leurs yeux, pleins de larmes de bonheur! Ce fils, qu'il voyait pour la première fois, le roi l'embrassa et il eut peine à desserrer son étreinte, comme si le hérissement de son poil eût cloué Udayana dans ses bras.

Ensuite Sahasrânîka emmena Udayana et la reine

Mṛigâvatî. Tout le monde, y compris les bêtes, les accompagna en pleurant jusqu'à la lisière du bois de l'ermitage. Le roi prit alors congé de Jamadagni et il sortit de cette calme retraite pour retourner dans sa capitale. Il fit route en écoutant sa femme lui conter ce qui lui était advenu pendant leur séparation et en lui contant lui-même ses propres aventures; et ils arrivèrent à Kauçâmbî pavoisée, où se dressaient des arcs de triomphe.

Le roi y fit son entrée avec sa femme et son fils. Les citadins, les cils dressés, les buvaient des yeux! Sans délai, il sacra, lui mahârâja, Udayana comme héritier du trône : les mérites de son fils l'y incitaient. Et à sa personne, il attacha comme conseillers les fils de ses propres ministres, Vasantaka, Rumaṇvat et Yaugandharâyaṇa. Une voix s'éleva du ciel : « Avec de tels ministres, il conquerra toute la Terre! » et il tomba une pluie de fleurs.

Dès lors, Sahasrânîka se déchargea sur son fils du fardeau du pouvoir et, en compagnie de Mṛigâvatî, il jouit enfin des plaisirs de la vie, qu'il attendait depuis si longtemps.

Vint pour lui le temps où la vieillesse, annonçant l'heure du recueillement, aborde la naissance de l'oreille (11); soudain, à cette vue, la sensualité, courroucée, s'enfuit! Udayana était d'une heureuse nature, la population s'était attachée à lui. Sahasrânîka le mit sur le trône, pour le progrès du monde, ainsi que son nom le faisait augurer ([10]). Et lui, le maître de la Terre, accompagné de ses ministres et de sa femme tant aimée, il partit pour l'Himâlaya afin de se préparer au grand voyage ([11])!

CHAPITRE III

MAHÂSÊNA-LE-CRUEL

DONC, Udayana, ayant reçu des mains de son père le trône de Vatsa, régna à Kauçâmbî et gouverna parfaitement son peuple. Mais se déchargeant du poids des affaires sur Yaugandharâyaṇa et les autres ministres, il en vint peu à peu à ne plus s'occuper que de ses plaisirs. Il passait tout son temps à la chasse et il jouait nuit et jour de cette vîṇâ (¹¹), la « Ghôshavatî », que Vâsuki lui avait donnée jadis.

Par les sons ravissants de ses cordes et par des charmes qu'il savait, il se rendait maître des éléphants sauvages en rut et il ne manquait jamais de les ramener apprivoisés. Il buvait l'eau-de-vie parée de la figure des plus jolies femmes qui s'y reflétait — on eût dit la lune! — et il faisait pâlir d'autant le visage de ses conseillers.

De femme qui lui fût assortie en noblesse et en beauté et qu'il pût épouser, il n'en existait aucune. Il y en avait bien une dont il entendait dire monts et merveilles, la jeune Vâsavadattâ, mais celle-là, comment l'obtenir? Tel était l'unique souci qu'il traînât.

De son côté, à Ujjayinî (13), Mahâsêna-le-Cruel se disait : « D'homme qui vaille ma fille et qu'elle puisse épouser, il n'en est aucun dans le monde! Il y a bien Udayana, mais il est mon ennemi de toujours! Comment donc pourrait-il devenir mon gendre et faire mes volontés? Il n'existe qu'un moyen! Voici! Udayana erre dans les bois tout seul, à capturer des éléphants : il est fou de chasse! C'est là son faible! J'en profite pour le faire attraper par quelque stratagème et me le faire amener! Il est musicien : je lui donne ma fille pour élève! Alors cela va tout seul! Il ne pourra plus la quitter des yeux, pour sûr! Et comme cela il deviendra mon gendre et je l'aurai dans la main, pas de doute! Il n'y a pas d'autre moyen, en l'occurrence, pour mettre le grappin sur lui! »

Il s'agissait de faire réussir ce dessein! Mahâsêna s'en fut au temple de Čaṇḍî (14); il adora la déesse, chanta ses louanges et il lui adressa sa prière. Il entendit alors une voix immatérielle qui disait : « Le succès, ô roi, avant longtemps comblera tes vœux! »

Là-dessus, Mahâsêna-le-Cruel s'en revint fort content et, de concert avec son ministre Buddhadatta, il étudia le cas. Superbe, ignorant la cupidité, aimé de ses sujets et puissamment armé, Udayana n'était pas homme à se laisser amadouer ni à céder aux autres procédés ordinaires (**). Il convenait cependant de le tâter d'abord par le premier moyen.

Le roi chargea donc un ambassadeur d'être son interprète auprès du roi de Vatsa : « Tu lui diras que ma fille désire devenir son élève en musique; que, s'il nous aime, il vienne chez nous pour lui donner des leçons. » Et, sur ces mots, il fit partir l'ambassadeur. Arrivé à Kauçâmbî, ce dernier donna au roi de Vatsa communication du message, tel quel, sans y changer un mot!

Qu'un ambassadeur vous tienne un pareil discours, ce n'est pas ordinaire! L'ayant ouï, le roi de Vatsa prit à part son ministre Yaugandharâyaṇa :

« Que signifie, lui dit-il, ce message insolent qui m'est adressé? Si ce roi me mande cela, c'est qu'il a quelque idée derrière la tête, car il est malintentionné. Mais à quoi tend-il? »

Yaugandharâyaṇa était un grand ministre qui

ne mâchait pas ses mots quand il s'agissait d'être utile à son maître. Il lui répondit :

« Eh, sire ! La Terre est pleine du bruit de vos passions. C'est comme qui dirait une liane qui a grandi ! Vous en recueillez le fruit, dont la saveur est âpre et mordante. Mahâsêna table sur votre sensualité. Sa fille — un trésor ! — est l'amorce pour vous attirer ! Il vous enchaînera, il fera de vous sa chose. Tel est son dessein. Renoncez donc à vos déréglements ! Les rois qui s'y abandonnent sont comme des éléphants sauvages qui tombent dans des fosses : leurs adversaires ont tôt fait de les capturer ! »

Ces mots donnèrent du cœur au roi de Vatsa. Il envoya à Mahâsêna-le-Cruel un sien ambassadeur chargé de sa réponse, ainsi conçue : « Si tu désires que ta fille reçoive mes leçons, envoie-la chez moi ! »

Cela fait, le roi de Vatsa dit à ses ministres : « Je pars ! Je veux ramener ici Mahâsêna-le-Cruel dans les fers ! »

A ces mots, le premier ministre Yaugandharâyaṇa s'écria : « D'abord, c'est impossible, sire ! Ensuite, ce n'est pas chose à faire ! D'une part, Mahâsêna est un roi puissant; de l'autre, il ne serait pas bien à vous, sire, de le subjuguer. Aussi bien, écoutez toute son histoire; je vais vous la raconter :

« Il est en ce monde une ville qu'on nomme Ujjayinî, parure de la Terre! Le stuc revêt de blanc ses terrasses; elle se rit, dirait-on, de la Ville des Immortels! Le Seigneur de l'univers, Çiva, y réside en personne, sous la forme de Mahâkâla, quand la fantaisie lui passe de demeurer sur le Kailâsa(11).

« Là régna Mahêndravarman, le meilleur des rois. Et il eut un fils à son image, nommé Jayasêna. Ce Jayasêna, à son tour, eut un fils, Mahâsêna. Ce dernier est parmi les rois tel que l'éléphant parmi les bêtes, car la force de son bras est incomparable.

« Ce roi donc, tout en gouvernant son royaume, faisait réflexion qu'il ne possédait point de glaive à sa taille, point de femme de son rang. Tourmenté de ce souci, il se rendit au temple de Čaṇḍî. Il y demeura longtemps à jeûner, cherchant à se concilier la déesse. Il coupait des morceaux de sa propre chair pour lui en faire le sacrifice; tant et si bien que Čaṇḍî lui fut gracieuse. Elle se manifesta en personne à ses yeux et elle lui dit :

« Je suis satisfaite! Mon fils, prends ce glaive « sans égal, que je te donne! Par sa vertu tu de- « viendras invincible! Mieux encore! Il est une « jeune fille, Aṅgâravatî, merveille des trois « mondes, dont le père est l'asura Aṅgâraka : sous « peu, tu l'obtiendras pour épouse! Et comme ce « que tu viens de faire est de la cruauté, tu

« t'appelleras désormais Mahâsêna-le-Cruel! »

« Sur ces mots, elle lui donna le glaive et disparut; mais en revanche resplendit pour lui la joie, née de la réussite de son désir. Il a ces deux joyaux, sire: son glaive et son éléphant, un animal enragé, incomparable, qu'on nomme Naḍâgiri — de même qu'Indra a le foudre et Airâvaṇa! (27)

« Par la vertu de l'un et de l'autre, tout allait bien pour Mahâsêna-le-Cruel. Certain jour donc, il pénétra dans une grande forêt pour y chasser. Là, un sanglier solitaire, terrible, d'une taille monstrueuse, s'offre à sa vue : on eût dit les ténèbres de la nuit qui soudain se fussent condensées en un bloc pendant les heures du jour. Le roi crible le sanglier de flèches acérées, sans pouvoir le blesser. L'animal donne du boutoir contre son char, puis il s'enfuit et se réfugie dans une caverne.

« Le roi, à son tour, laisse là le char et, suivant l'animal à la trace, tout en rage, sans compagnon hormis son arc, il s'introduit dans cette même caverne. S'y étant enfoncé fort avant, il a la surprise d'apercevoir une grande et belle ville! Il entre, il s'assied sur le bord d'un canal. Comme il se tenait là, il voit passer une jeune fille escortée de cent femmes, pareille à la flèche d'Amour qui ouvre la brèche dans la fermeté du cœur. De son œil ruisselait le philtre d'amour, en ondées successives dont elle arrosait le roi, pour ainsi dire, à mesure qu'à pas lents elle s'approchait de lui.

« Qui êtes-vous, seigneur? dit-elle. Qu'est-ce « qui vous a amené ici à cette heure? »

« Le roi lui raconta ce qui était arrivé, sans rien déguiser; et l'ayant entendu, voilà la jeune fille qui laisse échapper de ses yeux passionnés un torrent de larmes et de son cœur le sang-froid.

« Qui êtes-vous? Pourquoi pleurez-vous? » demanda le roi.

« Elle lui répondit, docile en ceci aux injonctions de l'amour :

« Ce sanglier qui s'est enfoncé dans la caverne « est un daitya (*) nommé Aṅgâraka et moi je suis « sa fille, sire! Je m'appelle Aṅgâravatî. Son corps « est fait de pur diamant. Ces cent princesses, il « les a arrachées au palais des rois, afin de me les « donner pour suivantes. Mais quoi! Lui, un grand « asura, il est devenu un râkshasa (**) par l'effet « d'une malédiction! Il faut qu'il ait été accablé « aujourd'hui par la soif et la fatigue pour t'avoir « épargné, quand il t'avait à sa portée! Pour l'instant, il a déposé sa forme de sanglier et il se « repose sous la sienne propre. Mais quand il « sortira de son sommeil, assurément il te fera un « mauvais parti. Voilà ce à quoi je pense et comme « je ne vois pas de grâce qui t'attende, ces larmes « ruissellent à grosses gouttes, comme si la dou-

4

« leur qui me brûle me faisait bouillir les esprits! »

« Sur ces mots d'Aṅgâravatî, le roi s'écria :

« As-tu de la tendresse pour moi? Alors fais ce « que je vais te dire! Quand ton père s'éveillera, « tiens-toi devant lui et pleure! Alors il ne saurait « manquer de demander la cause de ton émoi. Il « faudra lui répondre : « S'il arrivait que quel- « qu'un te tuât, où trouverais-je mon refuge? « Cette idée m'attriste! » Il fera bon d'avoir parlé « ainsi, pour toi comme pour moi! »

« La fille de l'asura lui donna sa parole qu'elle le ferait. Elle l'établit dans une cachette car elle appréhendait qu'il ne lui arrivât malheur et elle alla se mettre en présence de son père endormi.

« Sitôt que le daitya s'éveilla, elle commença de pleurer : « Pourquoi pleures-tu, ma fille?» lui dit-il. « Que quelqu'un te tue, père, où trouverai-je mon « refuge? » lui répondit-elle sur le ton de la douleur.

« Il éclata de rire : « Qui me pourrait mettre à « mort, ma fille, puisque je suis tout de diamant? « Dans la main gauche est mon point vulnérable, « mais il est protégé par l'arc. »

« De ce discours, que le daitya avait tenu à sa fille pour la rassurer, le roi, dans sa cachette, n'avait perdu mot. L'instant d'après, le dânava (") se lève, fait ses ablutions et, bouche close, se met en devoir de rendre ses hommages au dieu Çiva (").

Dans cet instant le roi se montre; il s'avance impétueux, l'arc bandé, sur le daitya et il le provoque au combat. L'autre, ne voulant pas rompre le silence rituel, lève la main gauche pour lui faire signe d'attendre un moment. Le roi avait la main leste : cette seconde suffit pour qu'il perçât le daitya d'une flèche à la place vitale. Ce point touché, Aṅgâraka, le grand asura, pousse un cri affreux et s'affaisse à terre. Et tandis que la vie lui échappe, il profère ces mots :

« J'ai soif! Que celui qui m'a frappé me rassasie « avec les eaux rituelles, chaque année (**)! Sinon, « il lui périra cinq ministres! »

« Sur ces mots il expira. Le roi se saisit de sa fille Aṅgâravatî et il s'en retourna à Ujjayinî, où il fit d'elle son épouse. Deux fils lui naquirent. Mahâsêna-le-Cruel appela l'un d'eux Gopâlaka, le second Pâlaka, et de l'un et de l'autre il célébra la naissance par une grande fête en l'honneur d'Indra.

« Ce dieu, le Vâsava (**), en fut satisfait. Il apparut en songe au roi et il lui fit savoir que par sa grâce il obtiendrait une fille nonpareille.

« Donc, au bout d'un certain temps naquit au roi une fille, fine, comme on n'en avait jamais vue, et telle qu'un double de la figure de la Lune, qu'aurait façonné le Créateur. Dans le même moment, une voix sortit du ciel, disant : « Le dieu Amour « s'incarnera en son fils, futur souverain des En-

« chanteurs ([illegible]) ! » Le roi, considérant qu'elle lui avait été donnée par Vâsava, en témoignage de satisfaction, la nomma pour cette raison, Vâsavadattâ ([illegible]).

« Elle est maintenant une jeune fille à marier; elle demeure enfermée dans la maison de son père, comme faisait Lakshmî dans le creux de l'abîme, avant que fût baratté l'Océan ([illegible]).

« Puissant comme je vous l'ai dit, sire, Mahâsêna-le-Cruel ne saurait être vaincu d'aucune manière quand il se tient dans son fort. Ce roi, sire, a le désir constant de vous donner sa fille. Seulement, d'autre part, il tâche de rester le maître souverain dans son clan, car il est orgueilleux ! Mais je tiens pour assuré que nul autre que vous n'épousera Vâsavadattâ ! »

Sur-le-champ, le cœur du roi de Vatsa se trouva attiré vers Vâsavadattâ.

CHAPITRE IV

UDAYANA DANS LES FERS

CEPENDANT le messager envoyé par le roi de Vatsa pour porter sa réponse, était arrivé et s'était acquitté de sa mission auprès du roi Mahâsêna.

Celui-ci, à peine eut-il entendu la réponse, en conclut que le roi de Vatsa était bien trop orgueilleux pour venir jamais à Ujjayinî. Envoyer la jeune fille à Kauçâmbî? Non! C'eût été se ravaler! Restait donc à s'emparer du roi par un stratagème et à se le faire amener.

Ayant ainsi réfléchi, Mahâsêna en délibéra avec ses ministres. Il fit fabriquer une grande machine figurant un éléphant tout pareil à celui qu'il posséddait. Il cacha dans les flancs de la machine des soldats d'élite ("), et l'éléphant artificiel ainsi garni fut placé dans la forêt des monts Vindhya.

Le roi de Vatsa, toujours passionné pour le plaisir de capturer des éléphants, payait des hommes pour battre le pays. Ceux-ci aperçurent la bête de loin et ils s'empressèrent d'aller rapporter au roi qu'ils avaient vu un éléphant solitaire errer dans la forêt des Vindhya. « Si grande que soit la surface de la Terre, sire, on n'y saurait nulle part voir son pareil, dirent-ils. Il est si haut qu'il touche le firmament; c'est comme une cime des Vindhya qui marcherait! »

Ce rapport de ses éclaireurs fit tant de plaisir au roi de Vatsa qu'il leur bailla en récompense cent mille pièces d'or. « Si je m'assure cet éléphant sans rival, capable de faire assaut avec Naḍâgiri, Mahâsêna-le-Cruel se rendra à ma discrétion, pour sûr! Et, de sa grâce, il me donnera Vâsavadattâ! » Le roi ne fit que ruminer cette pensée toute la nuit.

Au matin, faisant fi des conseils de ses ministres, tant il brûlait d'avoir l'éléphant, il commanda à ses éclaireurs de le précéder et il prit à leur suite la route de la forêt des Vindhya. Les astres faisaient présager que ce voyage aurait pour fruit la conquête d'une jeune fille, mais aussi une prison! Les astrologues en avertirent le roi, mais il n'en eut cure!

Arrivé à la forêt des Vindhya, il écarta ses gardes à bonne distance, de crainte d'alarmer l'éléphant et sans autres compagnons que ses éclaireurs, sa vîṇâ, la « Ghoshavatî » en main, il s'enfonça dans la forêt, non plus immense que sa folle envie! Quand il fut parvenu sur le versant méridional des Vindhya, ses éclaireurs lui montrèrent dans le lointain l'éléphant, qui avait bien l'air d'en être un véritable.

L'ayant aperçu, le roi s'avança seul, faisant résonner son luth et chantant un air tendre. Tout en rêvant aux moyens d'enchaîner la bête, il approchait à pas mesurés. L'esprit occupé de sa musique et les ombres de la nuit aidant, il ne remarqua point que l'éléphant sauvage était artificiel. L'animal avait les oreilles dressées et battantes, comme si le chant l'eût charmé (*); il avança à plusieurs reprises, puis il s'écarta et il entraina le roi fort avant.

Soudain alors sortent de la machine des hommes armés de pied en cap, qui cernent le roi de Vatsa. Celui-ci, furieux, tire son couteau de chasse et tient tête à ceux qui lui font face, mais d'autres l'abordent par derrière et le saisissent. Accompagnés d'autres soldats qui se tenaient groupés dans un endroit convenu, ils le conduisent en présence de Mahâsêna-le-Cruel.

Celui-ci s'empressa de sortir au-devant du roi de Vatsa, qui pénétra avec lui dans la ville d'Ujjayinî.

Il y fit grand effet. Sa gloire s'entachait d'humiliation; mais la lune aussi a des taches et elle n'en réjouit pas moins les yeux quand elle se lève : semblable à elle parut aux bourgeois le roi de Vatsa venant d'arriver.

Les bourgeois s'éprirent de son mérite. Appréhendant qu'on ne le voulût supplicier, ils s'assemblèrent et ils formèrent le propos de mourir tous ensemble. Mahâsêna-le-Cruel leur déclara qu'il n'en voulait point à la vie du roi de Vatsa : il ferait de lui son allié! Et par là, il mit le terme au mouvement populaire.

Donc, il attacha sa fille Vâsavadattâ au roi de Vatsa, pour que ce dernier lui apprît la musique, dans le palais même. « Voici ton élève, prince, lui dit-il. Enseigne-lui la musique! Tu en retireras bon avantage, ne t'abats pas! »

Or, dès que le roi de Vatsa eut aperçu la jeune fille, son cœur se trempa tellement de tendresse qu'il ne considéra plus son courroux. Quant à elle, ses regards et son âme à la fois s'élancèrent vers lui! Par pudeur, elle détourna les uns mais non l'autre, au contraire!

Ainsi donc, le roi de Vatsa, faisant chanter Vâsavadattâ, et les yeux rivés sur elle, resta en ce lieu : la salle de musique devint sa demeure. Dans son giron, la « Ghoshavatî »; dans son gosier, sa voix modulant la gamme par quarts de ton; et devant lui, debout, Vâsavadattâ, joie de son cœur, Vâsavadattâ à sa dévotion, figurant sa Bonne Fortune, n'ayant d'yeux que pour lui et constante, lors même qu'il se trouvait dans les fers !

Cependant, la garde du roi de Vatsa était retournée à Kauçâmbî. La nouvelle que le souverain était prisonnier bouleversa le pays. Le peuple de Vatsa, qui adorait son roi, voulait se porter en masse contre Ujjayinî, dans un transport de fureur. Mahâsêna-le-Cruel, dit Rumaṇvat, ne céderait pas à la force, car c'était un grand roi. D'autre part, ce procédé risquait d'être funeste à la personne du roi de Vatsa. Donc une expédition militaire n'était point opportune; mais par la diplomatie, on viendrait à bout de cette affaire. Il calma par ce discours l'effervescence populaire. Là-dessus, voyant que le pays fidèle ne s'écarterait pas du droit chemin, Yaugandharâyaṇa, homme de résolution, dit à Rumaṇvat et aux autres ministres :

« Vous tous, votre place est ici ! Sans relâche soyez en éveil ! Vous avez à garder ce royaume et, si l'occasion l'exige, à faire preuve d'héroïsme. Pour moi, je prends Vasantaka comme second et je pars ! Je me fais fort de délivrer le roi avec mes seules lumières. Je le ramènerai, n'en doutez point ! C'est par la pluie battante que luit plus brillamment le feu céleste : de même, sous un coup du sort, l'éclair de votre génie jaillit-il ? Vous êtes vraiment alors le sage énergique! Les secrets pour percer les murailles et rompre les fers, les procédés pour se rendre invisible, je les connais, pour m'en servir au besoin. »

Ceci dit, Yaugandharâyaṇa remit le peuple de Vatsa comme un dépôt aux mains de Rumaṇvat et il quitta Kauçâmbî avec Vasantaka. Sans autre compagnon que ce dernier, il pénétra dans la grande forêt des Vindhya : les créatures y étaient multipliées autant que les perfections de son propre génie, et les voies aussi difficiles que celles de sa politique!

Là demeurait, sur un versant des Vindhya, un ami du roi de Vatsa, nommé Pulindaka et chef suprême des Pulindas (**). Yaugandharâyaṇa se rendit à sa résidence et, comme le roi de Vatsa devait passer par ce même chemin lors de son retour, il posta Pulindaka, prêt à le protéger et muni de nombreuses troupes.

De là, poursuivant sa route avec Vasantaka, Yaugandharâyaṇa finit par atteindre le lieu de crémation de Mahâkâla (**), proche d'Ujjayinî. Il y pénétra : vampires à foison, exhalant une odeur de chair, errant de ci, de là, noirs comme les ténèbres et qu'on eût pris pour d'autres fumées sortant des bûchers. En ce lieu, il fut aperçu par un brâhmane-démon (**), nommé Yôgêçvara. Celui-ci, enchanté de le voir, le prit soudain en amitié et vint à lui. Il lui montra un procédé magique grâce auquel Yaugandharâyaṇa transforma en un instant sa propre apparence. Par ce moyen, il ne lui fallut qu'une minute pour se rendre contrefait : bossu, vieux, chauve, avec l'air d'un fou, il était éminemment comique. Grâce à ce même procédé, il vous fit de Vasantaka un homme obèse, variqueux, avec une bouche affreuse et des dents saillantes.

Là-dessus, Yaugandharâyaṇa ordonna à Vasantaka de prendre les devants, vers l'entrée de la résidence royale, puis il pénétra lui-même dans Ujjayinî, sous l'apparence que j'ai dite, en dansant et en chantant. Les gamins se pressent autour de lui, tout le monde le regarde curieusement, cependant qu'il approche du palais royal. De la sorte, il donne aux femmes du roi qui y logeaient l'envie de le voir, tant et si bien que le bruit en finit par venir aux oreilles de Vâsavadattâ. Elle dépêche une servante et elle se fait amener Yaugandharâyaṇa dans la salle de musique : la jeunesse, n'est-ce pas, ne pense qu'à rire!

Il entre; il voit le roi de Vatsa dans les fers! Tout insensé qu'il voulût paraître, ses larmes jaillissent! Mais, en même temps, il fait un signe au roi de Vatsa, qui le reconnaît : caché sous ce déguisement, c'est donc Yaugandharâyaṇa qu'il a devant lui! Alors Yaugandharâyaṇa se rend invisible à Vâsavadattâ et à ses suivantes, grâce à son pouvoir magique; seul le roi de Vatsa continue de le voir. Et toutes les femmes de s'étonner et de dire : « Ce fou a soudain disparu! Où peut-il être passé? »

Entendant ces mots, le roi de Vatsa, qui n'avait pas cessé de voir Yaugandharâyaṇa devant lui, comprend qu'il en est ainsi par l'effet de la magie et il dit astucieusement à Vâsavadattâ : « Princesse, allez chercher de quoi rendre nos hommages à Sarasvatî! (41) — Très bien! » lui répond-elle et elle sort avec ses compagnes.

Alors Yaugandharâyaṇa s'approchant du roi selon l'étiquette, lui donna des charmes capables de briser ses chaînes. Il le pourvut d'autres charmes aussi qui, attachés aux cordes de la vîṇâ, devaient mettre Vâsavadattâ sous son empire. Il l'informa en outre que Vasantaka était arrivé : « Il se tient, dit-il, à la porte, sous l'apparence d'un autre homme; faites-le introduire, sire, comme brâhmane. Quand cette Vâsavadattâ aura pris confiance en vous, alors il faudra faire ce que je vous dirai. Restez tranquille pour l'instant. »

Ayant dit, il se hâta de sortir et, l'instant d'après, Vâsavadattâ rentra, apportant les objets du culte. Le roi lui dit : « Dehors, à la porte, se tient un brâhmane. Faites-le entrer! Dans l'office en l'honneur de Sarasvatî il sera pour percevoir les honoraires (41). »

Elle dit oui et, sur son ordre, on alla cueillir sur

le pas de la porte Vasantaka revêtu de son aspect difforme et on l'amena.

Introduit, il vit le roi de Vatsa et il pleura, le cœur gros. Alors, de peur qu'il ne se découvrît, le roi lui dit : « Brâhmane, la maladie t'a enlaidi; mais moi je t'en débarrasserai complètement. Ne pleure pas! Reste seulement ici près de moi! — Vous me faites là, sire, une grande grâce! » repartit Vasantaka.

En le regardant, défiguré qu'il était, le roi se prit à rire. Ce que voyant, Vasantaka, qui devinait la pensée secrète du roi, commença à rire aussi, mettant par là le comble à la difformité de son affreux visage. Et là-dessus, le voyant rire avec des grimaces de pantin, Vâsavadattâ elle-même éclata, prodigieusement amusée. Pour plaisanter, en enfant qu'elle était, elle demanda à Vasantaka :

« Est-il quelque science dans laquelle tu sois expert, brâhmane? Explique-moi cela! — Madame, répondit-il, je m'entends à conter des histoires. — Eh bien, conte-m'en une! » dit-elle.

Vasantaka tenait à faire plaisir à la princesse. Il lui conta donc une histoire savoureuse par son comique et sa bizarrerie. Et tandis que caché sous sa figure d'emprunt, il laissait celle-ci tomber de ses lèvres, Vâsavadattâ l'écoutant, côte à côte avec son prisonnier, le roi de Vatsa sentait une joie immense lui emplir le cœur.

CHAPITRE V

ENLÈVEMENT DE VÂSAVADATTÂ

VÂSAVADATTÂ peu à peu se prit d'une affection profonde pour le roi de Vatsa et se détourna du parti de son père.

Alors Yaugandharâyaṇa pénétra une seconde fois auprès du roi, en se rendant invisible pour toute autre personne. Il le prit à part, en présence de Vasantaka et il lui fit la leçon ainsi :

« Sire, Mahâsêna-le-Cruel vous a fait prisonnier par une ruse déloyale. Son idée est de vous relâcher après vous avoir donné sa fille et en vous comblant d'honneurs. Eh bien, cette fille, enlevons-la de notre chef et partons ! De la sorte, en effet, nous tirerons vengeance de cet homme superbe. Évitons qu'une conduite peu virile nous rabaisse dans l'opinion du monde ! Vâsavadattâ possède une éléphante, nommée Bhadravatî, dont le roi son père lui a fait présent. C'est une bête qu'aucun autre éléphant n'est capable de suivre à la course, excepté Naḍâgiri ; mais celui-ci, dès qu'il la voit, ne songe plus à combattre ! Il y a ici son cornac, nommé Âshâḍhaka, que j'ai gagné en l'achetant au prix d'une forte somme. Vous monterez, bien armé, sur cette éléphante avec Vâsavadattâ et vous vous évaderez d'ici sans être vu, pendant la nuit. Le chef des écuries du palais sait interpréter les moindres signes que donnent les éléphants. Vous aurez à le saouler d'alcool pour qu'il ne s'aperçoive de rien. Quant à moi, je prends les devants, je vais retrouver votre ami Pulindaka afin de lui faire surveiller la route. »

Ayant dit, Yaugandharâyaṇa s'éloigna et le roi de Vatsa mit soigneusement dans sa mémoire tout ce qu'il lui avait dit de faire. Là-dessus Vâsavadattâ vint lui tenir compagnie. Causant avec elle, dans l'intimité, de confidence en confidence, il finit par lui révéler les instructions de Yaugandharâyaṇa.

Elle y donna son assentiment. Bien décidée à partir, elle manda Ashâḍhaka et elle lui fit prendre ses dispositions pour monter sur sa bête. Sous prétexte qu'elle voulait honorer les Dieux, elle distribua des spiritueux et elle fit s'enivrer le chef d'écurie et tous les conducteurs d'éléphants.

Comme la nuit tombait, parmi le fracas tumultueux des nuées grondantes, Âshâḍhaka harnacha l'éléphante et l'amena. A vrai dire, tandis qu'il la harnachait, la bête avait bien fait entendre sa voix et l'homme si habile à interpréter les cris des éléphants, le chef d'écurie, l'avait perçue. Il avait mâchonné en balbutiant, sous l'empire de la boisson : « L'éléphante dit qu'elle va faire soixante-trois lieues aujourd'hui ! » Mais il était trop ivre pour que son esprit fût en état d'en scruter la raison. Et les autres cornacs, non moins abrutis, n'avaient même pas entendu ce qu'il disait.

Donc le roi de Vatsa saisit la vîṇâ, qui était son bien, il se débarrassa de ses chaînes par les moyens qu'il devait à Yaugandharâyaṇa et il revêtit l'équipement que Vâsavadattâ lui avait apporté de son propre mouvement. Il monta sur l'éléphante avec Vasantaka; et, de même, monta Vâsavadattâ avec Kâñčanamâlâ, une amie à qui elle ne cachait rien. Le cornac monta cinquième. Et ainsi accompagné, le roi de Vatsa sortit d'Ujjayinî en pleine nuit, par une brèche que la bête furieuse ouvrit dans le rempart pour se frayer un chemin.

Deux hommes courageux faisaient faction en cet endroit, Vîrabâhu et Tâlabhaṭa, tous deux fils de rois. Udayana, prévenant leurs coups, les mit à

mort. Puis ce fut la fuite au galop! Le roi, avec sa bien-aimée, était au comble de la joie; l'éléphante les portait, Âshâḍhaka tenant le croc.

Cependant, à Ujjayinî, des sergents de ville avaient découvert deux cadavres, ceux des gardes du rempart. Très émus, ils rapportèrent la chose au roi, sans attendre le jour. Mahâsêna-le-Cruel s'enquit; il découvrit que le roi de Vatsa s'était enfui en enlevant Vâsavadattâ. Il y eut un beau branle-bas par la ville!

L'un des fils du roi, celui qu'on nommait Pâlaka, monta sur Naḍâgiri et se lança à la poursuite du roi de Vatsa. Mais comme il pensait le rejoindre sur la route, celui-ci l'attaqua à coups de flèches; et Naḍâgiri, ayant reconnu l'éléphante, n'engagea pas le combat.

Gopâlaka, qui arriva en dernier lieu, fit tourner bride à son frère Pâlaka. Ce dernier savait entendre raison et l'autre avait en vue la réussite du dessein paternel.

Le roi de Vatsa se remit donc en route avec pleine assurance, et tandis qu'il avançait, les ténèbres de la nuit se dissipaient par degrés. Il atteignit ensuite la forêt des Vindhya, vers le milieu du jour. L'éléphante avait parcouru soixante-trois lieues, elle avait soif. Le roi mit pied à terre avec sa femme. La bête but de l'eau. Cela lui fit du mal et elle mourut tout d'un coup.

Le roi de Vatsa et Vâsavadattâ en étaient au désespoir quand ils entendirent une voix s'élevant de l'atmosphère :

« Sire, je suis Mâyâvatî, une enchanteresse! Tout ce temps passé j'ai vécu métamorphosée en éléphante par l'effet d'une malédiction. O roi de Vatsa, je t'ai rendu service aujourd'hui, je rendrai service encore au fils qui te naîtra! Cette Vâsavadattâ que tu prends pour femme n'est point du tout une mortelle! C'est une déesse qu'une cause inéluctable a fait descendre sur la terre! »

Réjoui par ce discours, le roi envoya Vasantaka sur la croupe des Vindhya, pour qu'il avertît de son arrivée son ami Pulindaka; et il continua lui-même sa route, à pied, sans se presser, en compagnie de sa femme. Lors surgirent des sauvages dont il se vit entouré. Sans autre aide que son arc, il en tua cent cinq sous les yeux de Vâsavadattâ.

A cet instant arriva son ami Pulindaka, flanqué de Yaugandharâyaṇa; Vasantaka leur servait de guide. Le roi des Bhillas (") tint en respect le surplus des sauvages. Il se prosterna aux pieds du roi de Vatsa; puis il le conduisit, lui et sa bien-aimée, dans son propre village. Le roi s'y reposa cette nuit-là avec Vâsavadattâ, qui s'était déchirée les pieds sur le rugueux tapis d'herbes sylvestres.

De bon matin se présenta le connétable Rumaṇvat. En effet, Yaugandharâyaṇa lui avait dépêché par avance un messager afin de l'avertir. Et toute l'armée était arrivée, emplissant si bien toute la région jusqu'aux limites de l'horizon que la forêt des Vindhya, pour la première fois, goûta le plaisir de se voir encombrée.

Le roi de Vatsa, réfugié au sein de son armée, ne quitta pas sa résidence forestière, dans l'attente de nouvelles qui viendraient d'Ujjayinî. Et de fait, pendant qu'il séjournait en ce lieu, un marchand, arrivant d'Ujjayinî, le vint trouver. Cet homme, qui s'était lié avec Yaugandharâyaṇa, lui fit ce rapport :

« Sire, Mahâsêna-le-Cruel se félicite de vous avoir pour gendre. Il députe auprès de vous un de ses huissiers. Ce dernier, en cours de route, a fait halte avant de pousser jusqu'ici. Moi j'ai couru devant, en me cachant, pour venir en donner avis à Votre Majesté. »

Cette nouvelle causa beaucoup de joie au roi de Vatsa. Il en fit part, sans rien omettre, à Vâsavadâttâ, qui, elle aussi, fut au comble de la joie. Une fille qui a fait une fugue a hâte ensuite de se voir mariée selon les rites. Aussi Vâsavadattâ était-elle dévorée d'inquiétude autant que de honte. Alors, pour se distraire de ses soucis, elle pria Vasantaka, qui lui faisait compagnie, de lui conter quelque histoire.

Et considérant l'ingénuité de son regard, Vasantaka, qui ne manquait pas de bon sens, lui conta une histoire propre à accroître la foi qu'elle avait vouée à son époux :

« Madame, dit-il en l'achevant, il appartient aux femmes de haute lignée d'honorer sans cesse leur époux par la pureté, par la fermeté de leur conduite; car, pour l'honnête femme, le mari est la divinité suprême! »

Et le noble récit que Vâsavadattâ avait entendu, chemin faisant, de la bouche de Vasantaka, eut cet effet que, venant de quitter la maison de son père, elle y laissa aussi la honte qu'elle en ressentait et que tout son cœur alla au roi de Vatsa, son époux. Auparavant, elle lui était déjà attachée par un amour immense, mais désormais elle n'existait plus que pour l'aimer!

CHAPITRE VI

LES NOCES

CEPENDANT que le roi de Vatsa demeurait là dans les Vindhya, l'huissier de Mahâsêna-le-Cruel parvint auprès de lui. Sitôt qu'il fut arrivé, il le salua et lui tint ce discours :

« Sa Majesté Mahâsêna vous mande ceci :

« Vous avez enlevé Vâsavadattâ de votre propre « autorité. C'est fort bien, car je n'avais point eu « d'autre objet en vous amenant chez moi. A vrai « dire, pendant votre captivité en ce lieu, je ne « vous ai pas donné ma fille moi-même. C'est que « je craignais que cette façon de faire ne vous « indisposât contre moi. Aujourd'hui, je ne vou- « drais pas que les noces de ma fille fussent « célébrées sans les cérémonies rituelles. A cet

« effet, je vous prie d'attendre un peu. Mon fils « Gopâlaka se rendra auprès de vous sans délai afin « de procéder au mariage régulier de sa sœur. »

Après avoir communiqué ce message au roi de Vatsa, l'huissier fit savoir diverses choses à Vâsavadattâ, qui en fut enchantée. Le roi de Vatsa ne l'était pas moins. S'étant mis en tête de partir pour Kauçâmbî avec Vâsavadattâ, il établit dans l'endroit où il campait l'huissier de son beau-père et son ami Pulindaka : « Vous autres, leur dit-il, attendez ici la venue de Gopâlaka; après quoi vous viendrez avec lui à Kauçâmbî. »

Ce grand roi partit donc le lendemain matin dans la direction de sa capitale avec la reine Vâsavadattâ. Derrière lui viennent les éléphants énormes aux tempes ruisselantes de liqueur (") : on dirait les cimes des Vindhya ruisselantes de torrents qui se seraient mises en marche pour le suivre, par amour! Les masses de sa cavalerie font résonner le sol sous le heurt des sabots : la Terre ainsi chante, dirait-on, un hymne à sa louange, plus beau que toutes les compositions de ses bardes! Jusqu'au ciel montent les nuées de poussière que soulève son armée : « Les ailes ont donc repoussé aux montagnes, qu'elles bondissent de joie? » se dit Indra inquiet (")!

Le roi, ayant regagné son pays en deux ou trois jours, passa une nuit, pour se reposer, dans une villa de Rumaṇvat. Et le lendemain, dans Kauçâmbî où le peuple impatient de recevoir son roi observait la route, têtes dressées, il eut cette joie immense, si longtemps attendue, de faire son entrée avec sa bien-aimée.

Quelle image offrait la ville en ce jour! Celle d'une épouse qui, au retour d'un mari longtemps absent, donne à ses femmes le signal des ablutions propitiatoires et de la toilette de gala! Les bourgeois de Kauçâmbî n'avaient d'yeux que pour le roi de Vatsa accompagné de sa femme : à sa vue, leur douleur était apaisée; vous eussiez dit des paons devant le nuage qu'escorte l'éclair (47)! Et leurs femmes, debout sur les terrasses des hautes maisons, couvrant le ciel d'une bordure de visages, donnaient l'illusion d'une floraison de lotus d'or aux rives de la Gaṅgâ céleste (48)!

Puis le roi de Vatsa pénétra dans son palais avec Vâsavadattâ, qu'on eût dite une seconde déesse de la Fortune royale. Emplie de vassaux venus pour faire leur cour, mise en fête par les chants des bardes, la demeure royale eut l'air alors d'être éveillée de son sommeil (49).

Le frère de Vâsavadattâ, Gopâlaka, arriva peu après; il avait pris avec lui l'huissier et Pulindaka. Le roi s'avança au-devant de lui. Pour Vâsavadattâ, son frère était comme une nouvelle source de délices dont elle prenait possession, et ses yeux se fleurirent d'allégresse. Quand elle l'eut devant elle : « Il ne faut pas que j'aie honte ! » se dit-elle, et dans cet instant, ses yeux se remplirent de larmes. Les termes du message de son père, que son frère lui rapporta, la réconfortèrent. Elle se jugea dès lors au comble de ses vœux, puisque l'accord était rétabli avec sa famille.

Ensuite Gopâlaka s'empressa d'ordonner conformément aux rites les noces de sa sœur et du roi de Vatsa, qui furent célébrées le lendemain à Kauçâmbî en grande pompe.

Et quand le roi de Vatsa prit la main de Vâsavadattâ, ce fut comme s'il cueillait sur la liane d'amour un bourgeon brillant venant d'éclore. Et elle, en touchant la main du bien-aimé, ferma les yeux, pénétrée de béatitude; elle trembla, la sueur inonda son corps enfiévré, tout son poil se hérissa dans sa chair. On vit bien dans cet instant qu'elle était comme transpercée par les flèches du Dieu dont l'arc est de fleurs, coup sur coup par celles qui affolent, par celles du vent, par celles des eaux ! (**) Et quand elle tourna respectueusement autour du feu sacré (**), les yeux rougis par la fumée, on eût dit qu'un vin capiteux y faisait mesurer ce que l'ivresse ajoute de charme au regard !

Aux joyaux dont Gopâlaka avait fait présent au roi de Vatsa s'ajoutèrent les dons gracieux de ses vassaux. Lors, le roi, ayant sa caisse pleine, se trouva pour de bon dans la splendeur d'un autre Kuvêra (⁴⁴)!

La cérémonie des noces achevée, les jeunes mariés se montrèrent d'abord au peuple, puis ils pénétrèrent dans leurs appartements. A l'occasion de cette fête, qui était la sienne, le roi de Vatsa conféra de sa propre main des turbans et d'autres distinctions honorifiques à Gopâlaka et à Puḷindaka. Il commit Yaugandharâyaṇa et Rumaṇvat au soin de gratifier, de la manière convenable, les rois vassaux et les bourgeois.

« Le roi nous a donné là une vilaine commission ! » dit Yaugandharâyaṇa à Rumaṇvat. « Il s'agit de deviner de quoi les gens sont entêtés : ce n'est pas commode ! Fait-on un mécontent ? Un enfant même, en ce cas, peut vous compromettre, sois-en sûr, mon cher ! Aussi devons-nous contenter comme il faut cette valetaille, sans négliger personne ! »

Là-dessus, Yaugandharâyaṇa et Rumaṇvat, de concert, comblèrent tout le peuple, en ce jour de fête du roi de Vatsa. Et ils mirent tant de tact à gratifier les rois que chacun de ces derniers eut l'illusion d'être leur favori. Les deux ministres, à leur tour, et en outre Vasantaka, reçurent des distinctions de la propre main du roi, des habits, des cosmétiques, des bijoux et aussi des villages !

Les fêtes du mariage terminées, quand le roi de

Vatsa fut uni à sa Vâsavadattâ, l'heureux succès de ses vœux fut toute sa pensée. Moment longtemps attendu! Leur amour n'avait plus de contrainte! La passion faisait naître entre eux sans cesse une ardeur tendre, comme celle des dolents čakravâkas ([11]) quand finit la nuit! Et à mesure que croissait l'intimité des deux époux, leur amour semblait rajeunir!

Quant à Gopâlaka, son père, qui voulait le faire marier, lui enjoignit de partir; il quitta donc le roi de Vatsa, non sans être prié de revenir bien vite.

Le roi de Vatsa — même lui! — fut volage ([11]). Il avait eu jadis des relations avec une fille du gynécée, nommée Viračitâ : il fit d'elle en secret sa maîtresse. Voilà que parlant à la reine, il se trompe de nom! Collé à ses pieds, il implora grâce et il eut cette fortune de recevoir la suprême consécration royale, car la reine le sacra de ses larmes!

Il ne s'en tint pas là. Gopâlaka avait capturé à la guerre une princesse nommée Bandhumatî et il avait envoyé cette jeune fille en présent à la reine. Celle-ci la tenait cachée, ayant changé son nom en celui de Mañjulikâ. Elle était belle comme une autre Déesse du Salut sortie de l'Océan de Beauté! De connivence avec Vasantaka, le roi la vit et il s'unit à elle, en secret, dans un pavillon de lianes, selon le rite des Gandharvas ([11]). Or, Vâsavadattâ, dissimulée dans une cachette, le vit faire. Furieuse, elle ordonna que Vasantaka fût conduit en prison. Alors le roi s'en remit aux bons soins d'une religieuse, nommée Sâṃkṛityâyanî (**), une amie de la reine, venant du personnel domestique de son père. Celle-ci apaisa la reine, tant et si bien qu'elle l'amena à céder et à donner de sa propre main Bandhumatî au roi! Les bonnes femmes sont d'humeur complaisante!

La reine, ensuite, fit libérer Vasantaka de ses fers. Il se présenta devant elle et il dit en riant : « Bandhumatî vous avait offensée, mais que vous avais-je fait? Vous frappez les salamandres quand vous en voulez aux serpents! »

Vasantaka lui conta une amusante histoire, pleine de sel et quand il eut fini de parler, Vâsavadattâ fut parfaitement contente de lui. Lors, elle se tenait à côté de son époux. Celui-ci prit l'habitude de se mettre à ses pieds et de la faire régaler de contes de ce goût, délicieux comme miel, quand elle était en colère. C'était le moyen de la fléchir et la manière de Vasantaka était en ceci aussi variée qu'ingénieuse.

Udayana, roi de Vatsa, était un amoureux! Sa langue ne s'adonnait qu'à savourer les liqueurs spiritueuses; son oreille sans cesse se délectait aux mélodies du luth; son œil ne quittait pas le visage de sa bien-aimée; le roi de Vatsa était un homme heureux!

CHAPITRE VII

LE SACRIFICE DE VÂSAVADATTÂ

Il arriva donc que le roi de Vatsa, possédant Vâsavadattâ, en vint peu à peu à ne plus attacher son esprit qu'au plaisir qu'il trouvait en elle, tandis que son premier ministre Yaugandharâyaṇa et son connétable Rumaṇvat portaient le fardeau du pouvoir. Cela donnait du souci à Yaugandharâyaṇa. Une nuit, il emmena Rumaṇvat chez lui et il lui dit :

« Le roi descend en droite ligne des Pâṇḍavas (¹); à lui reviennent la Terre entière, par droit de succession héréditaire, et la ville qui tire son nom de l'éléphant (²). Tout cela, faute d'ambition, il s'en est désintéressé et son royaume est devenu limité à ce pays-ci, à ce seul canton. Sa femme, l'alcool, la chasse, voilà ce qui lui tient à cœur, et il reste là, sans se soucier de rien : tout le souci du gouvernement, il nous l'a passé. Eh bien, c'est à nous d'y aller de notre initiative! Il faut faire que cette suzeraineté, il l'obtienne : c'est son apanage héréditaire! Y parvenir serait le fait de notre dévouement, de notre capacité comme ministres! Pour nous traverser, en l'occurrence, il n'est qu'un homme, Pradyôta, le roi de Magadha (**); il est toujours sur nos talons et il nous tire dans le dos! Eh bien, il a une fille — la perle des filles! — Padmâvatî. Nous allons la demander en mariage pour le roi de Vatsa. Nous tiendrons Vâsavadattâ cachée — c'est une question d'habileté! Nous mettrons le feu à sa maison et nous publierons que la reine est morte brûlée. Autrement, le roi de Magadha ne donnera pas sa fille à Sa Majesté. Je l'ai pressenti là-dessus naguère; il m'a dit : « Donner « au roi de Vatsa ma fille, qui m'est plus chère que « la vie! Il aime trop sa Vâsavadattâ! » Et puis, la reine vivante, le roi n'épousera aucune autre femme! Mais s'il devient notoire qu'elle soit morte, tout marchera à souhait. Que nous tenions Padmâvatî, nous voilà parents du roi de Magadha, il ne nous tire plus dans le dos, il devient notre allié! Alors en route pour la conquête de l'Orient, et ainsi de suite! Et comme cela nous soumettrons le monde au roi de Vatsa. Que nous nous mettions à l'œuvre, et le roi peut conquérir la Terre entière, tout simplement! Autrefois, une voix divine le lui a prédit. »

Ainsi parla l'énergique ministre Yaugandharâyaṇa. Un tel coup d'audace fit peur à Rumaṇvat. Il répondit :

« Cette machination pour avoir Padmâvatî pourrait bien tourner à notre détriment : en cas d'insuccès de la ruse, nous risquons de prêter à rire, un beau jour; car il est scabreux de séparer le roi de Vâsavadattâ !

— Il n'est, dit Yaugandharâyaṇa, aucun autre moyen de réussir dans notre entreprise et, si nous n'entreprenons rien, pas de doute : avec un roi livré à ses passions, la situation actuelle même peut être perdue. La réputation d'hommes d'État que nous avons acquise risque de changer du tout au tout, et nous pourrions bien passer pour nous être départis de notre loyalisme. Quand un roi gouverne, le succès ne dépend que de lui-même; l'opinion y voit l'œuvre de sa sagesse — que pourrait un ministre pour ou contre? Mais quand le succès dépend des ministres, c'est leur sagesse qui doit faire réussir les affaires; s'ils manquent d'initiative, adieu la prospérité ! Vous redoutez le père de la reine, Mahâsêna-le-Cruel? Lui et son fils et la reine feront ce que je leur dirai ! »

Quand Yaugandharâyaṇa, la forte tête par excellence, eut ainsi parlé, Rumaṇvat, qui appréhendait une folle équipée, lui répondit :

« Etre séparé d'une femme adorée, mais c'est une douleur horrible, même pour un homme capable de discernement, à plus forte raison pour le roi de Vatsa ! Autrefois, le roi de Çrâvastî (ⁿ), Dêvasêna, est mort d'avoir perdu Unmâdinî ; celui-là pourtant était un héros ! Sans Vâsavadattâ, qu'adviendra-t-il de notre roi ?

— Les rois, dit Yaugandharâyaṇa, dominent leur chagrin quand ils ont la claire vision de leurs devoirs. Pour détruire Râvaṇa, les Dieux avaient trouvé l'expédient de séparer Râma de la reine Sîtâ (ⁿ) : n'a-t-il pas dominé la douleur de cette séparation ?

— C'est que Râma, répliqua Rumaṇvat, et d'autres que vous citeriez, étaient des dieux : leur âme était à la hauteur de toutes les épreuves ; celle des hommes ne l'est pas ! »

Et il se tut, en proie à ses appréhensions. Le sagace Yaugandharâyaṇa, avec un calme aussi imperturbable que l'Océan, répondit :

« C'est une affaire que j'ai entièrement décidée. Il arrive que des errements de cette sorte doivent être suivis dans l'intérêt des rois. Eh bien, ce que nous avons à faire, nous, faisons-le résolument,

6

en répandant le bruit que la reine est morte brûlée ! »

Voyant que le dessein de Yaugandharâyaṇa était irrévocable, Rumaṇvat dit :

« En ce cas, alors, si c'est décidé, mandons le frère de la reine, Gopâlaka, et après avoir conféré avec cet homme respectable, nous prendrons nos dispositions comme il faut. »

Yaugandharâyaṇa y donna les mains et Rumaṇvat s'en remit à lui pour être guidé quant aux décisions à prendre. Le lendemain, les ministres dépêchèrent comme messager un homme à eux, avec mission d'amener Gopâlaka sous le prétexte qu'on languissait du désir de le voir.

De même qu'il était parti naguère pour obéir à ses devoirs, Gopâlaka, à la première requête du messager, accourut, incarnation d'un jour de fête ! Le jour même de son arrivée, tout soudain Yaugandharâyaṇa l'emmena chez lui avec Rumaṇvat, la nuit venue ; et là, il lui déclara son audacieux dessein et tout ce dont il avait antérieurement délibéré avec Rumaṇvat. Gopâlaka, qui voulait du bien au roi, l'approuva, encore qu'il en pût résulter du chagrin pour sa sœur, car il convient de faire ce que conseillent les hommes de cœur !

« Tout cela est bien agencé, objecta encore Rumaṇvat, mais quand le roi apprendra que sa femme a été brûlée, s'il veut se suicider, comment l'en empêcher ? Il faut envisager cette éventualité. Qu'on n'ait négligé aucun des meilleurs artifices, ni rien, j'en tombe d'accord ! N'empêche que le point capital, dans un plan bien conçu, est d'avoir paré aux accidents éventuels ! »

Yaugandharâyaṇa, qui avait considéré tous les détails de l'action, répliqua :

« N'ayez souci sur cet article. La reine est fille de roi, sœur de Gopâlaka, qui l'aime plus que la vie. Le roi de Vatsa remarquera que ce dernier n'a qu'un chagrin modéré ; il pensera que la reine peut être vivante et son âme reprendra son assiette. Et puis, il a du ressort comme pas un ! Et son mariage avec Padmâvatî ne traînera pas ! On lui fera revoir Vâsavadattâ avant qu'il soit longtemps. »

La question étant tranchée de la sorte, Yaugandharâyaṇa, Gopâlaka et Rumaṇvat arrêtèrent le plan ci-après : trouver un joint pour aller avec le roi et la reine à Lâvâṇaka — c'est un canton frontière qui touche le Magadha et, comme il est très giboyeux, le roi serait incité à s'absenter — alors mettre le feu à l'appartement des femmes : si les choses se passaient selon les prévisions, on emmènerait la reine et l'on trouverait quelque ruse pour la caser dans la propre maison de Padmâvatî ; celle-ci serait le témoin qui attesterait la pureté de la conduite de la reine pendant le temps de son incognito.

Ayant combiné tout cela pendant la nuit, tous, dès le jour venu, Yaugandharâyaṇa en tête, pénétrèrent dans l'appartement du roi.

« Sire, dit Rumaṇvat, il serait à nous bien avisé de nous rendre en Lâvâṇaka : c'est un pays tout à fait agréable, qui vous offre des terrains de chasse de premier ordre ; joncs et fourrages y sont à portée de main et le roi de Magadha profite de son voisinage pour le saccager. Tant pour le sauvegarder que pour vous distraire, il convient d'y faire un tour ! »

Le roi, qui ne demandait qu'à s'amuser, fit la partie d'y aller avec Vâsavadattâ.

Le départ ayant été fixé au lendemain et l'heure favorable déterminée par l'observation des astres, soudain le sage Nârada (") — visage qui charmait comme l'éclair illumine — descendit des nuages : ce fut une fête pour les yeux !

Il se présenta au roi de Vatsa comme la Lune qui serait venue témoigner sa tendresse à ses descendants ("). Il agréa les présents d'hospitalité et il fit don au roi, qui s'inclinait devant lui, d'une guirlande faite de fleurs de l'arbre *parijâta* ("), et il réjouit Vâsavadattâ, qui s'empressait à son service, en lui prédisant un fils qui régnerait sur les

Enchanteurs et en qui s'incarnerait une parcelle du dieu Amour.

« La vue de votre Vâsavadattâ, dit-il au roi, en présence de Yaugandharâyaṇa, me rappelle que Yudhishṭhira et ses frères, qui furent vos ancêtres, avaient à eux cinq une femme unique, Draupadî (**), qui était, comme la vôtre, d'une beauté nonpareille. Alors, j'en appréhendai de funestes effets et je leur conseillai de se garder de la jalousie, qui est un germe de catastrophes. La femme ! Pour qui cet objet n'est-il pas une source de calamités ? Or, ils n'en avaient, à plusieurs, qu'une, Draupadî, et ils l'aimaient ! « Gardez de vous jalouser à cause « d'elle ! » leur dis-je, et je les engageai à observer fidèlement cette règle que, quand elle serait avec l'aîné, le plus jeune la regardât comme sa sœur, et que l'aîné la tînt pour sa bru quand elle se trouverait avec le plus jeune. Vos ancêtres, sire, suivirent mon conseil : le beau et le bien étaient la fin de leurs pensées ! Ils devinrent mes amis. Parce que je les ai aimés, je suis venu vous voir ici. Roi de Vatsa, écoutez ce que je vous dis : comme ils ont suivi mes conseils, suivez ceux de vos ministres ; avant peu, une grande splendeur vous attend. Pendant un temps, vous pourrez souffrir ; ne vous en tournez pas le sang : cela finira par du bonheur ! »

C'était proprement annoncer au roi l'heureuse

issue des événements qui allaient suivre : le sage Nârada excellait en l'art de faire entendre les choses à mots couverts ! A peine eut-il dit qu'il disparut. Et les ministres, augurant bien du succès de leur dessein, mirent toute leur ardeur à le réaliser.

CHAPITRE VIII

PADMÂVATÎ

LE prétexte que nous avons dit leur permit de conduire à Lâvâṇaka le roi avec sa femme chérie. Il y arriva avec des troupes et, le lieu retentissant du bruit qu'elles y menaient, les échos semblèrent proclamer que les ministres allaient parvenir à leurs fins.

Le roi de Magadha apprenant que celui de Vatsa était arrivé avec tout son train, appréhenda une agression et ne fut pas tranquille. Fin politique, il envoya un messager pour s'aboucher avec Yaugandharâyaṇa et ce dernier, fin diplomate, l'accueillit d'une manière flatteuse,

Cependant le roi de Vatsa, qui avait pris ses

quartiers à Lâvâṇaka, parcourait la forêt pour chasser, chaque jour plus loin.

Donc, certain jour qu'il était parti à la chasse, le sagace Yaugandharâyaṇa, ayant convenu de ce qu'il avait à faire en compagnie de Gopâlaka, se présenta à Vâsavadattâ, flanqué de Rumaṇvat et de Vasantaka. Elle était seule. Il lui demanda de l'aider à faire ce qu'exigeait l'intérêt du roi, la pressant d'arguments. Son frère l'avait déjà avertie et elle restait tête basse. Elle consentit : la chose devait lui causer du chagrin en la séparant de son mari, mais à quoi ne se résignent pas les épouses dévouées quand elles sont nées de bon lieu ?

Yaugandharâyaṇa l'ayant pourvue d'un charme qui permet de changer de forme, lui donna astucieusement l'extérieur d'une brâhmaṇî ; il transforma Vasantaka en un écolier brâhmanique borgne et lui-même, par un procédé identique, il revêtit l'apparence d'un vieux brâhmane. Et prenant avec lui la reine ainsi transformée, ce grand politique, accompagné de Vasantaka, se dirigea dare dare vers le Magadha. Vâsavadattâ, partie de sa demeure, s'éloignait sur la route, en chair et en os, mais sa pensée volait vers son époux !

Rumaṇvat incendia le pavillon de la reine et se mit à crier : « Hélas, hélas ! La reine et Vasantaka sont dans le feu ! » Et du même lieu, dans le même instant, s'élevèrent les flammes et les cris.

Peu à peu, l'incendie s'apaisa, mais les lamentations ne jaillissaient que de plus belle !

Cependant Yaugandharâyaṇa, avec Vasantaka et Vâsavadattâ, atteignit la capitale du Magadha (66). Or, la princesse Padmâvatî s'était rendue au jardin public. Yaugandharâyaṇa l'aperçut, et suivi de ses deux acolytes, il se dirigea de son côté, encore que les gardes voulussent l'en empêcher.

Padmâvatî vit cette femme qui avait l'extérieur d'une brâhmaṇî — et qui n'était autre que la reine Vâsavadattâ — et, à la première vue, sa sympathie fut éveillée. Elle fit signe aux gardes de s'écarter et elle ordonna qu'on amenât devant elle l'homme — Yaugandharâyaṇa ! — qui semblait être un brâhmane. Elle le questionna :

« Grand brâhmane, qui est cette jeune femme qui t'accompagne ? Qu'est-ce qui t'amène ?

— Princesse, lui répondit-il, cette femme s'appelle Âvantikâ (67) ; c'est ma fille ! Son mari, un débauché, l'a abandonnée pour courir la pretantaine. Je la remets entre vos mains aujourd'hui, très glorieuse princesse, jusqu'à ce que je lui aie ramené son époux : je pars pour le chercher, ce ne sera pas long ! Cet étudiant borgne est son frère. Je souhaite qu'il reste ici près d'elle, pour qu'elle ne vienne pas à souffrir de se sentir isolée. »

Il dit, et la fille du roi acquiesça à sa demande.

Le bon ministre prit congé d'elle et il retourna en toute hâte à Lâvâṇaka ([illegible]).

Donc, Padmâvatî prit avec elle Vâsavadattâ affublée du nom d'Âvantikâ et son compagnon Vasantaka mué en un étudiant borgne. Pleine de sympathie pour eux, elle les traita avec beaucoup d'égards et, rentrant dans sa demeure, elle y introduisit Vâsavadattâ. Il s'y trouvait beaucoup de curiosités. Vâsavadattâ y vit notamment sur des murs peints à fresque la suite des aventures de Râma et, devant l'image de Sîtâ ([illegible]), elle toléra son propre malheur.

La noblesse de son port, la finesse de ses traits, la distinction de son maintien quand elle se trouvait couchée ou qu'elle mangeait, le parfum de son corps enfin, qui fleurait comme le lotus bleu, la firent reconnaître par Padmâvatî pour une femme de la plus haute naissance. Aussi la princesse la fit-elle servir comme elle était servie elle-même, avec tout le luxe qu'elle pouvait désirer.

« Assurément, pensa Padmâvatî, c'est quelque dame qui se cache sous un déguisement. Après tout, Draupadî n'a-t-elle pas demeuré incognito dans le palais de Virâṭa ([illegible]) ? »

De son côté, Vâsavadattâ, par complaisance pour la princesse, lui fit de ces guirlandes et de ces grains de beauté à mettre sur le front ([illegible]), qui ne se fanaient point et dont le roi de Vatsa lui avait enseigné le secret. Padmâvatî s'en para et sa mère les remarqua. Prenant sa fille à part, elle lui demanda qui avait fabriqué ces guirlandes et ces grains de beauté. Padmâvatî lui apprit qu'il y avait dans sa demeure une certaine Âvantikâ, qui les avait confectionnés.

« En ce cas, ma fille, lui dit sa mère, cette personne n'est pas une femme ! Il faut que ce soit quelque déesse pour posséder une science de cette nature. Il arrive que des divinités — des saints aussi — demeurent dans la maison des gens de bien, afin de les abuser. Cette Âvantikâ en est une ! Tâche de te la rendre favorable ! »

Docile aux instructions de sa mère, Padmâvatî redoubla d'égards pour Vâsavadattâ, qui demeura là, sous son déguisement, privée de son protecteur naturel, esseulée et pâle comme la touffe de lotus dans le noir de la nuit. De temps en temps, les contorsions réitérées de Vasantaka, qui jouait son rôle de gamin, amenaient pour un instant le sourire aux lèvres de la délaissée.

Quant au roi de Vátsa, il avait erré sur des terrains de chasse excessivement éloignés. Il rentra très tard, le soir, à Lâvâṇaka. A peine eut-il aperçu l'appartement des femmes réduit en cendres, qu'il apprit de ses ministres que la reine avait péri dans les flammes avec Vasantaka.

A cette nouvelle, il tomba privé de connaissance ;

cette défaillance semblait vouloir lui épargner la douleur de ressentir son malheur ! Mais, l'instant d'après, il reprit ses sens et un incendie de douleur s'alluma dans son cœur, comme si la flamme y avait pénétré pour y brûler la reine qui l'habitait.

Il se lamenta, et, dans l'accablement de sa peine, il n'envisagea que le suicide. Mais, au bout d'un moment, il fit réflexion que le sage Nârada, qui n'est pas menteur, avait prédit qu'il aurait de Vâsavadattâ un fils destiné à l'empire des Enchanteurs et que, pendant un temps, il pourrait avoir à souffrir ; il remarqua que le chagrin de Gopâlaka, qui se tenait devant lui, était bien faible ; enfin, que Yaugandharâyaṇa et les autres ministres ne manifestaient pas une affliction excessive. Il en conclut que la reine pouvait être vivante, qu'il y avait là quelque trame ourdie par les ministres, qu'il se retrouverait réuni à la reine, et donc qu'il allait voir la fin de tout ceci !

Gopâlaka fit la leçon à un agent secret et le mit tout de suite en campagne pour qu'il confirmât discrètement la version officielle des événements. Celle-ci fit son chemin et les espions du roi de Magadha qui se trouvaient à Lâvâṇaka s'empressèrent d'aller tout rapporter à ce dernier.

En homme qui saisit l'occasion aux cheveux, il n'eut pas plus tôt appris la nouvelle qu'il souhaita de donner au roi de Vatsa sa fille Padmâvatî, au sujet de laquelle les ministres lui avaient antérieurement fait des ouvertures.

Par l'intermédiaire d'un messager, il fit part de ses intentions au roi et à Yaugandharâyaṇa ; à l'instigation de son ministre, le roi donna sa parole : il se doutait que là gisait la raison pour laquelle on avait caché Vâsavadattâ !

Yaugandharâyaṇa saisit le premier moment où les astres furent favorables pour envoyer au roi de Magadha un messager porteur de la réponse. Le message que le premier ministre faisait tenir à ce roi était ainsi conçu :

« Nous accédons à votre désir : en conséquence, d'aujourd'hui en huit, le roi de Vatsa arrivera auprès de vous pour épouser Padmâvatî, vite, afin qu'il oublie Vâsavadattâ ! »

L'envoyé, parvenu à destination, s'acquitta de sa mission auprès du roi de Magadha qui l'accueillit avec joie et qui fit aussitôt les préparatifs des fêtes nuptiales, avec tout le faste voulu par son amour paternel, sa propre inclination et sa fortune.

En entendant nommer le fiancé dont elle rêvait, Padmâvatî s'abandonna à la joie, tandis que l'annonce de cette nouvelle mit Vâsavadattâ dans la peine! En affectant son oreille, elle altéra son teint, comme pour aider son déguisement à la défigurer!

« C'est comme cela qu'un ennemi devient ami, sans que ton époux change pourtant à ton égard », lui dit Vasantaka, et cette parole fut pour elle comme une bonne amie, lui rendant le cœur!

Le mariage de Padmâvatî étant proche, l'avisée Vâsavadattâ fit derechef pour elle des guirlandes et des grains de beauté immarcescibles, divins!

A sept jours de là, arriva le roi de Vatsa, escorté par ses troupes et accompagné de ses ministres. Il venait donc pour se marier! Comment eût-il seulement conçu la possibilité de s'imposer cet effort, s'il n'eût espéré rentrer par là en possession de la reine?

Sitôt qu'il apparut, mettant en fête les yeux du peuple, le roi de Magadha s'avança avec joie à sa rencontre, comme fait l'océan pour la lune quand elle se lève sur la Montagne-de-l'Orient. Le roi de Vatsa entra donc dans la capitale du souverain de Magadha et, du même coup, entra dans le cœur de tout le peuple, à la ronde, une joie immense. Amaigri par son deuil, beau à faire perdre l'esprit, les femmes le regardaient et elles croyaient voir Amour ayant perdu Rati (")!

Il pénétra ensuite dans le palais du roi de Magadha et il se rendit dans la salle des fêtes placée sous la garde de femmes ayant encore leur mari. Au milieu, il vit Padmâvatî en toilette d'épousée, et avec quel visage! L'orbe de la lune brillant dans son plein n'eût pas soutenu la comparaison! Elle portait ces guirlandes et ces grains de beauté divins dont il avait le monopole. D'où les tenait-elle? Ce problème lui donna à penser!

Alors, il monta sur la plate-forme sacrée et il prit la main de Padmâvatî, c'est-à-dire qu'il commença à recevoir celle de la Terre entière dont elle était précisément les prémices!

« Il aime tant sa Vâsavadattâ! Ah, qu'il ne voie pas cette scène! » sembla se dire la fumée de l'autel et elle le fit pleurer pour l'aveugler. Et pendant que les époux tournaient respectueusement autour du feu (n), on eût dit, à la rougeur du visage de Padmâvatî, que, devinant la pensée secrète de son mari, elle s'empourprait d'un afflux de colère!

La cérémonie achevée, le roi de Vatsa laissa son épouse échapper à sa main, mais pas un instant, il ne laissa Vâsavadattâ s'éloigner de son cœur!

Ensuite, le roi de Magadha lui donna tant et tant de joyaux qu'on eût pu croire que la Terre épuisée n'en gardait plus un seul dans son sein. Yaugandharâyaṇa, prenant le feu sacré à témoin, profita de l'occasion pour faire jurer au roi de Magadha qu'il serait loyal envers celui de Vatsa.

Les réjouissances, ensuite, suivirent leur cours : distribution de vêtements et de bijoux, concert par la fleur des ménestrels, ballet par les meilleures danseuses.

Quant à Vâsavadattâ, son époux s'élevait : elle ne regardait à rien d'autre! Tout ce temps, elle demeura là, sans qu'on la vît, comme le charme de la lune aux heures de soleil!

Comme le roi de Vatsa pénétrait dans le gynécée, Yaugandharâyaṇa, le vieux routier, appréhenda qu'il n'y vît la reine et, de crainte que son plan ne se trouvât percé, il dit au roi de Magadha :

« Aujourd'hui même, sire, le roi de Vatsa quittera votre palais. »

L'autre y donna son consentement et Yaugandharâyaṇa se hâta d'en informer le roi de Vatsa, qui approuva, lui aussi, sa décision. Le roi de Vatsa leva donc le camp après que son escorte eut mangé et bu.

Il prit avec lui son épouse Padmâvatî en même temps que ses ministres. Cependant, Vâsavadattâ monta dans une bonne voiture envoyée par Padmâvatî, en compagnie de chambellans que celle-ci également avait désignés, et elle fit route à la suite des troupes, sans qu'on s'en aperçût. Elle se faisait précéder de Vasantaka, toujours sous sa figure d'emprunt.

D'étape en étape, le roi de Vatsa parvint à Lâvâṇaka et il entra dans sa demeure avec la nouvelle épousée, lui qui, par contre, entrait seul dans le cœur de la reine! Vâsavadattâ arriva à son tour; elle pénétra dans la maison de Gopâlaka après avoir, bien qu'il fût nuit, ordonné aux chambellans de rester dehors.

Sitôt entrée, elle vit son frère Gopâlaka qui lui témoigna un tendre empressement : elle se jeta à son cou en pleurant et lui aussi eut les yeux remplis de larmes! A ce moment, Yaugandharâyaṇa, fidèle au pacte, se présenta avec Rumaṇvat. La reine le reçut avec égards et lui, il voulut la guérir de cette douleur causée par la tension d'esprit et la séparation.

Tandis qu'il y tâchait, les chambellans se rendaient auprès de Padmâvatî :

« Madame, dirent-ils, Âvantikâ est arrivée; mais, pour une raison inconnue, elle nous a congédiés et elle est descendue dans la maison du prince Gopâlaka. »

Ce rapport de ses chambellans, fait en présence du roi, inquiéta Padmâvatî. Elle leur répondit ainsi :

« Allez dire à Âvantikâ que sa personne est un dépôt, à moi confié, qu'elle n'a que faire là-bas : là où je suis moi-même, elle doit se rendre! »

Là-dessus, les chambellans se retirèrent. Le roi prit Padmâvatî à part :

« Qui t'a fait, lui demanda-t-il, ces guirlandes et ces grains de beauté? — Ceci, répondit-elle, est un chef-d'œuvre de cette Âvantikâ qu'un certain brâhmane a mise chez moi en dépôt. »

A peine le roi eut-il entendu ces mots qu'il courut à la maison de Gopâlaka : « Pour sûr, pensait-il, ce doit être Vâsavadattâ qui se trouve là ! »

Il arrive. Les chambellans étaient devant la porte. Il entre : à l'intérieur, la reine, Gopâlaka, les deux ministres et Vasantaka ! Vâsavadattâ est devant ses yeux ! Après l'absence, la voici ! C'est comme la lune en personne, éclipsée, puis rendue à elle-même ! Le roi s'écroule sur le sol : la douleur, ce poison, l'a fait défaillir. Un tremblement naît au cœur de Vâsavadattâ; elle tombe aussi ! Voilà sur la terre son corps pâli par le chagrin de l'absence ! Et elle se lamente, elle se reproche d'avoir agi comme elle l'a fait ! Les deux époux sanglotent, accablés de chagrin, tellement que Yaugandharâyaṇa lui-même baigne son visage de larmes.

Ce brouhaha de lamentations finit par arriver aux oreilles de Padmâvatî, la met en émoi : elle accourt au bruit. La voilà près d'eux ! Par degrés, elle devine la vérité au sujet du roi et de Vâsavadattâ et elle en vient au même point qu'eux, car les bonnes femmes sont sensibles et ingénues !

« Qu'ai-je à faire d'une vie qui rend mon mari malheureux ? » répétait Vâsavadattâ en pleurant.

Yaugandharâyaṇa prit la parole :

« Sire, dit-il avec fermeté au roi de Vatsa, tout ceci est de mon fait. Je voulais vous donner la souveraineté universelle en vous faisant épouser la fille du roi de Magadha. La reine n'a eu aucun tort : sa co-épouse elle-même, ici présente, est garante de ses mœurs pendant son temps d'exil.

— Quant à moi, s'écria Padmâvatî, sans considération d'amour-propre, je suis prête à entrer dans le feu pour faire éclater sa vertu !

— C'est moi qui suis responsable, dit le roi à son tour, puisque c'est dans mon intérêt que la reine elle-même a dû subir une si grande torture !

— Je veux entrer dans le feu pour rendre la sérénité au cœur du roi ! » dit Vâsavadattâ avec une ferme résolution (4).

Alors, le sage Yaugandharâyaṇa, le roi des habiles, se rinça la bouche, se tourna face à l'Orient et, pur, il proféra ces mots :

« Si j'ai agi dans l'intérêt du roi, si la reine est innocente, témoignez-en, ô dieux gardiens de l'univers ! Autrement, j'abandonne la vie ! »

A peine eut-il achevé, qu'une voix céleste s'éleva :

« Tu es fortuné, ô roi qui possèdes pour ministre Yaugandharâyaṇa, pour femme Vâsavadattâ, jadis déesse dans une autre existence ! Elle n'a commis aucune faute ! »

Cela dit, la voix se tut. Elle avait fait retentir tous les quartiers de l'horizon, plaisante comme le profond grondement des nuées venant de se lever, et tous, l'ayant entendue, dressant obstinément le cou vers le ciel et déchargés de leur peine, jouaient au vrai la pantomime des paons(n)!

Le roi s'accorda avec Gopâlaka pour louer les procédés de Yaugandharâyaṇa : il voyait déjà toute la Terre tombée sous sa main!

Il possédait donc ses deux femmes! C'étaient comme la Volupté et la Béatitude qui se fussent incarnées pour lui tenir compagnie! De jour en jour, avec l'intimité, croissait leur affection! Le roi de Vatsa était comblé d'une allégresse sans égale!

CHAPITRE IX

LE CONTE DE PURÛRAVAS ET URVAÇÎ

LE jour suivant, le roi de Vatsa, passant le temps à boire en compagnie de Vâsavadattâ et de Padmâvatî, dans l'intimité, manda Gopâlaka, Rumaṇvat et Yaugandharâyaṇa et il s'entretint avec eux en toute confiance.

Encore sous le coup de sa séparation d'avec Vâsavadattâ, il en prit occasion pour rappeler devant son auditoire l'histoire ci-après :

« Il était un roi, nommé Purûravas, extrêmement dévot à Vishṇu; dans le ciel même, aussi bien que sur la terre, il circulait librement. Comme il se promenait dans le Paradis, une nymphe, nommée Urvaçî, l'aperçut. Il fit sur elle l'effet d'une autre flèche affolante de l'Amour (°). A peine la nymphe l'eut-elle vu que son âme fut ravie, et si violemment que Rambhâ et ses autres compagnes, terrifiées, en tremblèrent. Le roi, de son côté, la vit : en elle ruisselait la quintessence de la beauté. Et, de ne la pouvoir posséder, il se pâma, vaincu par le désir.

« Vishṇu, dans son séjour de la Mer-de-lait, sait tout! Nârada, la fleur des sages ("), étant venu le voir, il lui donna les instructions suivantes :

« O sage divin, dans le jardin du Paradis, se « trouve le roi Purûravas dont la nymphe Urvaçî « a ravi le cœur. Il ne peut supporter de vivre « sans elle! Va informer Indra de ma part! Fais, ô « sage, que sans retard il donne cette Urvaçî au « roi! »

« Nârada répondit à Vishṇu qu'il était à ses ordres. Il alla, il trouva Purûravas dans l'état que j'ai décrit; il le réveilla et il lui dit :

« Debout, sire! C'est pour toi que Vishṇu m'a « envoyé ici! Quand on a en lui une foi sincère, il « ne se désintéresse pas de vos peines. »

« Ayant réconforté Purûravas par ce discours, le sage Nârada l'emmena par devant le roi des Dieux. Il communiqua le message de Vishṇu à Indra, qui acquiesça, d'un cœur soumis. Il fit donc donner Urvaçî à Purûravas. Et si ce don d'Urvaçî priva le ciel de vie, il fut par contre pour elle le philtre qui fait revivre les morts!

« Purûravas la prit et il regagna avec elle le monde terrestre, mettant cette merveille sous les yeux des mortels, une femme du ciel! Et, dès lors, Urvaçî et le roi demeurèrent inséparables, ne pouvant détacher leurs regards l'un de l'autre, comme si c'eussent été chaînes mutuelles.

« Un jour, Indra étant entré en guerre avec les Dânavas ("), appela Purûravas à son aide. Celui-ci se rendit dans le firmament. Au cours de la lutte, le roi suprême des Asuras, Mâyâdhara, ayant été occis, Indra célébra une grande fête, où dansa toute la compagnie des femmes célestes. Rambhâ (") exécuta, sous l'œil de son maître Tumburu ("), la pantomime *ćalita* ("). Ce spectacle fit rire Purûravas.

« Je comprends! lui dit sur le moment Rambhâ « dépitée. Cette danse est divine! Est-ce que tu « la connais, toi, un homme?

— Moi qui vis avec Urvaçî, j'en connais que « votre maître Tumburu lui-même ignore! » lui répliqua Purûravas.

« A ces mots, Tumburu furieux le maudit : « Puisses-tu être séparé d'Urvaçî aussi longtemps « que tu n'auras pas apaisé Kṛishṇa (") ! »

« Ayant entendu cette malédiction, Purûravas partit aussitôt. Il apprit à Urvaçî ce qui lui était arrivé. C'était la foudre, tombant hors de saison ! Là-dessus, à l'improviste, des Gandharvas invisibles pour le roi, fondent sur Urvaçî, l'enlèvent, la conduisent en un lieu ignoré.

« Purûravas reconnut là l'effet de la malédiction. Il partit pour le lieu de pénitence de Badarikâ(") et il travailla à se rendre Vishṇu propice. Cependant, Urvaçî était dans le séjour des Gandharvas. Torturée par cette séparation, elle avait perdu ses esprits :

« Elle est morte ! — Elle dort ! — C'est une « peinture ! » eût-on dit. Ce fut merveille en effet qu'elle ne perdît pas la vie, alors qu'elle ne s'accrochait qu'à l'espoir de voir finir la malédiction, comme pendant les nuits que la séparation rend interminables, une femelle de čakravâka !

« Purûravas, à force d'austérités, rendit Vishṇu content. Par la grâce du dieu, les Gandharvas lui rendirent son Urvaçî et, le temps maudit expiré, le roi, uni à sa nymphe, goûta avec elle des joies célestes, encore qu'il habitât la terre ! »

Quand Udayana se tut, Vâsavadattâ était en proie à la honte : elle venait d'entendre ce qu'avait fait l'amour d'Urvaçî ; elle, Vâsavadattâ, avait pu supporter la séparation ! D'une manière détournée, le roi l'en avait blâmée, il l'en avait fait rougir !

La voyant confuse, Yaugandharâyaṇa voulut rendre le roi confus à son tour.

« Sire, dit-il, si vous ne connaissez pas cette histoire, écoutez-la! Il est dans le monde une ville nommée Timirâ ("), demeure de la Fortune. Là, régnait le célèbre roi Vihitasêna. Il avait pour épouse Têjôvatî, une véritable apsaras sur cette terre! Le roi était toujours pendu à son cou; être dans ses bras faisait toute son ambition; il ne supportait même pas une minute le harnois, qui lui eût éraflé la peau!

« Il advint donc que ce roi tomba malade d'une fièvre chronique et que les médecins lui interdirent tout rapport avec la reine. La privation de ce cher contact développa chez lui une maladie siégeant au cœur et rebelle à tout traitement médical. « Une « frayeur ou l'émotion d'un chagrin peuvent faire « que le mal se résolve tout d'un coup », dirent les médecins à l'un des ministres. Ces derniers examinèrent le cas.

« Un roi qui jadis n'a pas tremblé, le jour qu'un « grand serpent lui est tombé sur le dos, un roi « qui ne s'est point déconcerté le jour où l'armée « ennemie a envahi jusqu'à son gynécée! Il est si « brave! Comment lui faire peur? En l'occurrence, « nous n'avons point de stratagème qui vaille. « Comment nous y prendre avec lui, nous, ses « ministres? »

« S'étant concertés avec la reine, ils la cachèrent et ils dirent au roi qu'elle était morte. Le voilà rudement secoué par le chagrin! Cela fit en lui une révolution qui amena le mal dont il souffrait au cœur à se résoudre soudain. Le roi hors de danger, les ministres le réunirent à son épouse en titre, ce qui fut lui rendre une seconde fois le bien-être! Il sut infiniment gré à sa femme de lui avoir sauvé la vie, bien loin, dans sa sagesse, de lui tenir rigueur pour ce qu'elle s'était cachée.

« C'est le dévouement à l'intérêt de son époux qui rend une reine digne du titre de Majesté; il ne suffit pas pour le mériter, qu'elle se prête à tous les désirs du roi! Être ministre, c'est n'avoir d'autre souci que celui de sa charge, c'est-à-dire des affaires du roi! Quant à servir ses caprices, c'est le rôle des parasites; on les reconnaît à ce trait!

« Donc, nous avons voulu accommoder vous et le roi de Magadha, votre adversaire, en vue de la conquête de toute la Terre : voilà pourquoi nous avons fait cet effort! Par conséquent, sire, c'est pour l'amour de vous que la reine a supporté une séparation intolérable! Elle n'a pas manqué à ses devoirs envers vous; loin de là, elle vous a rendu le plus complet des services! »

Ce discours du premier ministre alla droit au but. L'ayant entendu, le roi de Vatsa se rendit compte qu'il était dans son tort et il en eut de la joie.

« Je sais bien, dit-il, que la reine était un instrument entre vos mains, comme qui dirait votre politique incarnée, et qu'elle m'a donné la Terre, ni plus, ni moins! Mais quoi! L'excès de mon affection m'a fait tenir un discours déplacé; quand la raison est aveuglée par l'amour, comment pourrait-on juger de sang-froid? »

Et le roi de Vatsá, continuant l'entretien sur ce ton, fit que cette journée passa et qu'en même temps passa la honte qui avait assombri la reine.

Le lendemain, se présenta un messager envoyé par le roi de Magadha qui avait appris toute l'affaire. Il rapporta au roi de Vatsa les propres paroles de son maître :

« Tes ministres se sont joués de nous! Dès lors,
« à toi de faire le nécessaire pour que le monde
« des vivants ne devienne pas pour nous un
« monde de chagrins! »

Alors le roi de Vatsa combla le messager d'honneurs et il l'envoya par devant Padmâvatî, afin qu'elle lui donnât elle-même la réponse. Celle-ci, pleine de déférence pour Vâsavadattâ, reçut le messager en présence de cette dernière, car la modestie est un devoir pour l'honnête femme (").

Le messager lui fit connaître ce que lui mandait son père :

« Mon enfant, c'est par suite d'une tromperie
« que tu as été épousée. Ton mari est attaché à
« une autre. Ce chagrin me fait éprouver ce qu'on
« gagne à être père de fille! »

— Mon ami, répliqua Padmâvatî, tu diras à papa et à maman, de ma part, de ne pas se tourmenter car mon mari est tout à fait tendre pour moi et j'ai dans la reine Vâsavadattâ comme une sœur affectueuse. Mon père ne doit donc pas changer à l'égard de mon mari, s'il veut respecter et ma propre vie et la foi qu'il a jurée. »

Après que Padmâvatî eut énoncé cette réponse, Vâsavadattâ fit faire bonne chère au messager, puis le congédia. Quand il fut parti, Padmâvatî, pensant à la maison de son père, resta, semblait-il, quelque peu déprimée par le regret. Mais Vasantaka fut chargé par Vâsavadattâ de la réjouir et il lui conta des histoires.

« Oui, dit-il en terminant, de pieuses actions — sacrifices, aumônes et le reste — valent à des nymphes qu'une malédiction a chassées du ciel, de vivre auprès d'hommes d'honorable conduite, dans la situation d'épouses. Honorer les Dieux et les brâhmanes, c'est cela la « vache d'abondance » (**), au jugement de tout homme de bien ! Que n'obtient-on pas par ce moyen ? Ceux dont on discourt, à commencer par la diplomatie, n'en sont que les accessoires ! Par contre, le péché est la cause unique qui fait tomber les êtres divins, même de la plus haute naissance, au niveau le plus infime : ainsi l'ouragan fait choir les fleurs ! Une mauvaise action, quel qu'en soit l'auteur, porte en elle-même son fruit, toujours ! Quelque grain qu'on sème, on en récolte soi-même le fruit (") ! Aussi les nobles âmes ne supportent-elles point de léser le prochain : c'est là une règle que les êtres magnanimes observent comme une obligation absolue. Vous et la reine, vous fûtes, dans une vie antérieure, deux déesses, deux sœurs, qu'une malédiction fit déchoir : aussi votre cœur, pur de jalousie, vous porte-t-il à vous rendre mutuellement de bons offices. »

Ce discours de Vasantaka eut ce résultat que Vâsavadattâ et Padmâvatî bannirent de leurs sentiments réciproques jusqu'à la moindre trace de jalousie.

La reine Vâsavadattâ voulut que son mari fût un bien commun entre elles deux : elle fit tout pour être agréable à Padmâvatî, comme s'il se fût agi d'elle-même, tant elle lui voulait du bien.

Le roi de Magadha apprit, notamment par les messagers que lui envoya Padmâvatî, en quel honneur sa fille était tenue et il en fut très satisfait.

Or, le lendemain du jour dont nous avons parlé, le ministre Yaugandharâyaṇa se présenta devant le roi de Vatsa et, en présence de la reine, tous les autres ministres se trouvant aussi là, il lui dit :

« A l'œuvre, maintenant, sire ! Que ne regagnez-vous Kauçâmbî ? Rien n'est à craindre du roi de Magadha, encore que nous l'ayons abusé. En l'apprivoisant, grâce au « coup de l'alliance par la fille », comme on dit, nous l'avons bel et bien fait mat! Il engagerait les hostilités? Comment donc? Ce serait abandonner sa fille, qu'il aime plus que la vie! D'une part, il veut tenir sa parole; de l'autre, ce n'est pas vous qui l'avez trompé, puisque c'est moi qui ai tout fait de mon chef — et la chose ne laisse pas de lui être agréable! Enfin, j'ai su par mes espions qu'il n'a pas d'intentions hostiles; c'est même pour nous en assurer que nous sommes restés ici ces jours derniers. »

Tandis que Yaugandharâyaṇa parlait ainsi avec la certitude d'avoir mené l'affaire à bien, un homme du roi de Magadha se présenta, porteur d'un message. Annoncé par l'huissier, il entra dans la minute même, et prenant tout juste le temps de saluer, il dit au roi de Vatsa :

« Satisfait des nouvelles qu'il a reçues de la reine Padmâvatî, le roi de Magadha mande présentement ceci à Votre Majesté :

« Un mot suffit! Je sais tout! Accomplis donc ce « pourquoi tu t'es mis ainsi à l'œuvre! Nous nous « inclinons! »

Le message était limpide. Le roi le reçut avec joie, y voyant comme la fleur de cet arbre planté par Yaugandharâyaṇa, sa politique! Alors, ayant convoqué Padmâvatî avec la reine, il fit un présent au messager et il le renvoya comblé d'honneurs.

Or, il arriva également un messager de Mahâsêna-le-Cruel. Celui-ci entra, salua le roi selon l'étiquette et lui dit :

« Sire, le roi Mahâsêna, qui entend les principes de la politique, s'est réjoui sur le rapport qu'il a reçu de votre affaire. Il vous fait dire ceci :

« Pour dépeindre votre gloire, il suffit de ce trait : « vous avez pour ministre Yaugandharâyaṇa ! Que « dire de mieux ? Mais Vâsavadattâ aussi est for- « tunée d'avoir dans son culte pour vous, accompli « une action qui nous fait, pour longtemps, porter « haut la tête parmi les gens de bien. Et quand je « dis Vâsavadattâ, je ne sépare pas Padmâvatî « d'elle, car elles ont, à elles deux, un seul cœur ! « Hâtez-vous donc ! A l'œuvre ! »

Ce discours du messager de son beau-père mit aussitôt l'allégresse dans le cœur du roi de Vatsa; il porta à son comble l'intimité de son affection pour la reine et il renouvela la confiance qu'il avait déjà en son incomparable ministre. Alors, avec les deux reines, il remplit envers le messager les devoirs de l'hospitalité et il le traita comme le veut l'usage; puis, ne se tenant plus d'impatience, il lui donna son congé.

Il voulait mettre son entreprise en train, sans retard ! Après en avoir délibéré avec ses conseillers, il décida de reprendre le chemin de Kauçâmbî.

CHAPITRE X

LE TRÔNE DES ANCÊTRES

DONC le roi de Vatsa partit le lendemain de Lâvâṇaka pour Kauçâmbî avec ses ministres et ses femmes. Il se mit en route parmi les hourras de ses troupes, qui couvrirent la campagne comme le fait inopinément un raz de marée.

Le roi cheminait, monté sur un éléphant : vous en auriez l'image si le soleil avançait dans le ciel et avec lui la Montagne-de-l'Orient! Un parasol blanc l'ombrageait : on eût dit que la lune, joyeuse de vaincre l'éclat du soleil, l'abritait tendrement! Il resplendissait : autour de lui, qui les dominait tous, ses vassaux tournaient, décrivant chacun

leur orbite, comme des bandes de planètes autour de l'étoile polaire! Derrière lui, montées sur une éléphante, venaient ses deux reines, la Fortune et la Terre incarnées, semblait-il, et le suivant par amour! Au galop de leurs chevaux avançaient les masses de cavalerie, et l'avant tranchant des sabots s'imprimait dans le sol : c'était comme la marque de coups d'ongle que la Terre aurait reçus du roi, dans une amoureuse étreinte!

Poursuivant ainsi sa route, parmi les louanges de ses bardes, le roi, en quelques jours, atteignit Kauçâmbî, où son arrivée fut le signal d'une grande fête.

La ville? Une femme! Les étendards sont sa robe rouge, les rondes fenêtres sont ses yeux épanouis, les vases pleins d'eau exposés devant les portes (") sont la paire de seins dressés, le brouhaha de la foule est son joyeux discours, le stuc des façades est son rire! Le maître est revenu de voyage — dites l'époux! Et à cette heure elle est rayonnante!

Accompagné des deux reines, le roi fit son entrée, et ce fut pour les bourgeoises une sorte de fête que de le voir passer. Point de vide dans le ciel, mais des centaines de visages, ceux des belles qui garnissent les charmantes terrasses! Et il semble que les reines ayant par leur figure remporté le prix sur la lune, ses satellites soient accourus pour leur rendre hommage! Aux fenêtres sont d'autres femmes, qui regardent sans un clin-d'œil : on a l'illusion de nymphes célestes venues par curiosité et assises dans leurs chars aériens!

D'autres regardent aux œils-de-bœuf; leurs cils pointent, attachés au grillage : elles fournissent à l'Amour, diriez-vous, ses carquois de treillis remplis de flèches! — En voici une, dont l'œil avide s'épanouit à la vue du roi jusqu'à voisiner avec l'oreille — qui, elle, ne saurait voir! — comme pour lui conter ce qu'il voit! — Et celle-ci qui est venue en courant! Ses seins se soulèvent à coups précipités comme si, brûlant de voir le roi, ils voulaient s'échapper de son corsage! — Et cette autre, si émue, que son collier s'est rompu! Les grains de perle tombent et il semble que ce soit son cœur qui pleure, goutte par goutte, des larmes de joie!

« Si le feu avait pu commettre un crime contre sa personne, à Lâvâṇaka, alors l'astre qui nous éclaire pourrait aussi bien déverser les noires ténèbres sur le monde! » disaient des femmes en voyant Vâsavadattâ et en se rappelant, non sans mélancolie, le bruit de sa mort dans les flammes.

« Le ciel soit loué! La reine n'est point humiliée par sa co-épouse : celle-ci est tout comme une amie! » disait une autre à sa compagne en regardant Padmâvatî.

« Pour sûr, Çiva et Vishṇu n'ont pas vu la beauté de ces deux-là! Autrement pourraient-ils honorer Umâ et Çrî (**) de leur amour? » se disaient entre elles d'autres femmes encore; et contemplant les deux reines, leurs yeux fleuris de plaisir lançaient sur celles-ci des guirlandes de lotus bleus!

Ainsi le roi de Vatsa, mettant la joie dans les yeux du peuple, pénétra dans son palais avec les reines, après avoir fait une prière pour son heureux succès. Tel est, à l'aurore, l'éclat d'un étang de lotus; tel est, au lever de la lune, l'éclat de la mer; tel était, à cette heure, celui du palais royal. A l'instant, il s'emplit des souhaits de bon augure offerts par les vassaux, présage du jour où afflueraient ceux de tous les monarques de la terre.

Ayant rendu leurs politesses à ce peuple de rois, le souverain de Vatsa entra, plein d'allégresse, dans son gynécée, aussi bien que dans le cœur de tous les assistants. Et là, entre les deux reines, comme Amour entre Rati et Prîti (**), il passa le reste du jour à boire et à se divertir.

Le lendemain, comme il se trouvait dans la salle du trône, ayant ses ministres devant lui, un certain brâhmane se mit à crier à la porte :

« A l'assassin! Dans la forêt, de méchants vachers, sire, ont coupé un pied à mon fils, sans raison! »

Le roi, entendant ces mots, fit sur-le-champ arrêter et amener deux ou trois vachers. Il les interrogea et ceux-ci répondirent en ces termes :

« Sire, étant des vachers, nous nous amusons dans les endroits déserts. Il y en a un parmi nous qui s'appelle Dêvasêna. Dans un recoin de la forêt, il s'assied sur un siège de pierre; il nous dit qu'il est notre roi et il nous commande. Et parmi nous il n'est personne qui transgresse ses ordres.

« Aujourd'hui le fils de ce brâhmane, passant par le chemin, ne s'est pas prosterné devant le roi des vachers. Nous lui avons enjoint, sur l'ordre de notre roi, de ne pas s'en aller sans saluer. Le jeune brâhmane nous a bousculés et il est parti malgré nos objurgations, en ricanant. Alors le roi des vachers nous a ordonné de couper un pied à ce petit malappris, pour le punir. Nous avons couru après lui et nous lui avons coupé un pied. Sire, quel homme de notre condition oserait désobéir à un ordre de son chef? »

Quand les vachers eurent donné cette explication au roi, Yaugandharâyaṇa, après y avoir rêvé, en sage qu'il était, prit son maître à part et lui dit :

« Sûrement ce lieu renferme un trésor caché, qui a la vertu de donner un pouvoir comme celui-là, même à un vacher. Il faut y aller voir! »

Ainsi parla le ministre, et le roi, prenant les vachers pour guides, se rendit au point de la forêt qu'ils indiquaient, avec sa garde et ses officiers. On explora le terrain et pendant que les ouvriers y pratiquaient une fouille, voilà que du fond du trou surgit un yaksha (11) qui semblait être fait de pierre.

« Sire, dit-il, ce trésor que j'ai gardé longtemps a été enfoui par ton grand-père. Prends-le! »

Ayant dit ces mots au roi de Vatsa et reçu les hommages de ce dernier, le yaksha disparut. Dans la fouille fut découvert un grand trésor. On trouva notamment un trône de pierres précieuses, d'un prix inestimable. Dès qu'on s'élève, n'est-ce pas, profits et biens vous arrivent! L'un n'attend pas l'autre!

Le roi de Vatsa, plein de joie, s'empara donc de tout le trésor, puis, non sans avoir châtié les vachers, il retourna dans sa capitale.

Le peuple vit le trône d'or qu'il apportait : ruisselant des feux des diamants roses, il semblait le symbole d'une aurore, celle de la prochaine ascension de la puissance rayonnante du roi sur toutes les régions du monde! Et montrant les dents, pour ainsi dire, avec ses rangs de perles serties au bout de légers supports d'argent, il semblait rire sans cesse en considérant comme on s'émerveillait de la sagacité des ministres!

La foule manifesta sa joie de la belle manière, en tintamarrant à grand renfort de tambours de fête. Les ministres, de leur côté, étaient dans l'allégresse, tenant pour assuré le triomphe du roi : heureuse aubaine échéant dès le début d'une affaire en présage le succès! L'air était plein d'oriflammes : c'étaient comme autant d'éclairs dans le ciel. Le roi fut le nuage : il fit pleuvoir l'or sur ses courtisans!

Cette journée se passa en réjouissances. Le lendemain, Yaugandharâyaṇa, voulant connaître la pensée du roi de Vatsa, lui parla en ces termes :

« Montez sur ce trône majestueux, sire! Puisqu'il vous est échu comme un bien de famille, ornez-le de votre personne!

— Ce siège, répliqua le roi, sur lequel sont montés mes ancêtres après avoir conquis la Terre, moi, j'y monterais sans avoir conquis le monde entier? Quand j'aurai subjugué cette Terre, dont toute l'étendue est parée de gemmes, alors ma personne ornera le grand trône de pierres précieuses qui fut celui de mes aïeux! »

Et il ne monta pas sur ce trône à cette heure, car l'orgueil inné des gentilshommes n'est pas une feinte!

Alors Yaugandharâyaṇa enchanté dit au roi :

« Bravo, sire! A l'œuvre donc! Entreprenez d'abord la conquête de l'Orient! »

Ces paroles donnèrent au roi l'occasion de demander à son ministre pourquoi, alors qu'il y a aussi le Nord et les autres points cardinaux, les rois se dirigent d'abord vers l'Orient.

« Le Nord, sire, répondit Yaugandharâyaṇa, a

beau être riche — c'est en effet la région de Kuvêra ! — il a mauvais renom parce qu'on y a commerce avec les Barbares (⁴). L'Occident, pour la raison qu'il fait disparaître le soleil et les autres astres, n'est pas estimé davantage. Quant au Sud, il est proche des démons : c'est une région impure où demeure le Dieu de la Mort ! A l'Orient, par contre, le soleil se lève ! A l'Orient préside Indra ! Vers l'Orient se dirige le Gange ! Aussi l'Orient est-il le quartier de l'espace qu'on renomme !

« Parmi les contrées même qui s'étendent entre l'Himâlaya et les monts Vindhya, celle que lavent les eaux purifiantes du Gange est tenue pour louable entre toutes. Aussi les rois qui recherchent ce qui porte chance se dirigent-ils d'abord vers l'Orient ! En outre, ils habitent dans la contrée par laquelle passe la rivière des Dieux. En fait, c'est en commençant par l'Orient que vos ancêtres ont conquis les quatre quartiers de l'espace et c'est dans le voisinage du Gange qu'ils avaient établi leur résidence, à Hastinâpura (⁵). Mais Çatânîka a établi la sienne à Kauçâmbî, à cause de l'agrément du site : il considérait que sa souveraineté ne dépendant que de sa vaillance, le choix du lieu n'y faisait rien. »

Cela dit, Yaugandharâyana se tut ; et le roi, qui ne prisait rien tant que l'action virile, s'écria :

« Il est vrai ! Observer une règle de domicile, ce

n'est pas cela qui donne l'empire sur cette terre! Les succès qui viennent aux braves n'ont d'autre cause que leur vaillance. A lui seul, au besoin, même dénué de tout appui, un brave se rend maître de la Fortune! Pourvu que le Destin ne les traverse pas, les hommes de cœur trouvent dans leur seule valeur le charme suprême, infaillible, pour violenter la Fortune et la tirer à eux! »

En entendant ces paroles du roi de Vatsa, tous ses ministres assis auprès de lui et les deux reines aussi furent satisfaits au plus haut point!

CHAPITRE XI

LA CONQUÊTE DE L'INDE

SUR l'heure, Yaugandharâyaṇa dit au roi de Vatsa :

« Sire, vous avez pour vous la faveur du Destin et votre vaillance. Et pour ce qui est des voies politiques, nous avons bien, nous aussi, pris quelque peine. Donc hâtez-vous, selon votre dessein, de commencer à conquérir le monde ! »

Le roi de Vatsa répondit :

« Je veux bien qu'il en soit ainsi ; néanmoins, il ne manque jamais d'obstacles à la réalisation de ce qui s'annonce le mieux ! Aussi j'y veux parer en me rendant Çiva propice par des mortifications, car, sans sa grâce, d'où viendrait le succès de nos vœux ? »

Ce discours entendu, ses ministres trouvèrent bon qu'il se mortifiât; de même, quand Râma s'apprêtait à jeter un pont sur la mer, ses mortifications furent approuvées par les chefs des singes (14). Le roi se mortifia donc, avec les deux reines et les ministres; et quand il eut observé le jeûne pendant trois nuits, Çiva lui parla en songe :

« Je suis content de toi, dit-il. Lève-toi donc! Tu obtiendras à bref délai un triomphe sans obstacle, et, en outre, un fils destiné à régner sur tous les Enchanteurs (15)! »

Le roi s'éveilla délivré de toute fatigue par la grâce du dieu, comme fait la lune nouvelle que remplissent les rayons du soleil. Au matin, par le récit du songe qu'il avait eu, il mit en joie ses ministres et les deux reines, tendres comme fleurs, alanguies d'avoir observé le vœu de jeûne, et il suffit de son récit, nectar que buvait leur oreille, pour qu'une sorte de sève délicieuse leur redonnât du ton!

Ces mortifications valurent au roi un pouvoir prestigieux, égal à celui de ses ancêtres, et à ses deux femmes la gloire pure d'épouses toutes dévouées.

Après le repas marquant la fin du jeûne, fête où les citadins ne pensèrent qu'à la joie, Yaugandharâyaṇa dit au roi de Vatsa, dès le lendemain :

« C'est une chance pour vous, sire, de vous être si bien assuré la faveur de notre Seigneur

Çiva. Maintenant donc, battez vos ennemis et jouissez de la Fortune conquise par votre bras! Quand celle-ci procède de la vertu d'un roi, elle reste fixée dans sa descendance; en effet la chance, si elle est due à la vertu personnelle, n'est point sujette à périr. La preuve en est que vous avez mis la main sur un trésor longtemps demeuré dans la terre, où l'avaient entassé vos ancêtres, et qui restait perdu. Oui, la Fortune vertueusement acquise n'abandonne pas l'homme : elle le suit dans sa descendance, tandis que l'autre, au contraire, s'évanouit comme flocon de neige quand il pleut.

« Donc l'homme doit s'efforcer de conquérir du bien par de vertueuses pratiques, mais un roi tout particulièrement, car la richesse est pour la puissance royale ce qu'est pour l'arbre la racine! Conclusion : gratifiez tous vos ministres, comme il est d'usage, pour assurer le succès, et faites la conquête du monde, sire, pour acquérir la gloire qui suit la vertu! Dépend de vous quiconque dépend des alliés de vos deux beaux-pères : très peu de rois vous seront hostiles, beaucoup se grouperont autour de vous. Mais le roi de Bénarès, qui s'appelle Brahmadatta, est votre ennemi de toujours : il faut donc le réduire tout d'abord. Cela fait, allez soumettre, en marchant vers l'Orient, toutes les régions et faites que soit exaltée la gloire de Pâṇḍu (**), pure comme le lotus blanc! »

Ce discours du premier ministre fut approuvé par le roi de Vatsa. Plein d'ardeur pour la victoire, il lança parmi ses peuples l'ordre de préparer l'expédition. Il donna à son beau-frère Gopâlaka, qui marchait à sa suite, la souveraineté sur le Vidêha (") comme marque de joyeux accueil. Au frère de Padmâvatî, Siṃhavarman, il attribua le pays de Čêdi, le comblant d'égards, car il était venu se joindre à lui avec des troupes. Enfin, il manda son ami Pulindaka, roi des Bhillas ("), dont les forces se déployèrent sur les quatre points de l'espace, comme font les nuages noirs de la saison des pluies. Et tandis que se faisait dans le royaume du souverain le branle-bas de l'entrée en campagne, un trouble prodigieux naissait au cœur de ses ennemis.

Yaugandharâyaṇa commença par envoyer des espions à Bénarès, pour être informé des faits et gestes de Brahmadatta. Puis, un jour faste, le roi de Vatsa, satisfait des présages annonçant la victoire, se mit en route, pour attaquer d'abord Brahmadatta, dans la direction de l'Orient.

Il est monté sur un éléphant colossal, un éléphant de victoire, qui porte le parasol haut dressé : vous diriez un lion furieux sur une montagne que domine un seul arbre en fleurs !

Il est joyeux : l'automne, arrivée comme l'avant-courrière du succès, lui fait voir la route tout aisée par les gués des rivières qui ont à peine d'eau !

Il couvre la campagne de ses divisions, qui retentissent d'innombrables cris : il donne l'illusion d'une saison de pluies inopinée, venue sans nuages !

Alors le fracas des armées met en émoi les quatre quartiers de l'espace, qui s'en renvoient l'écho, comme s'ils se disaient l'un à l'autre leur terreur de le voir approcher !

Voici ses chevaux qui s'avancent ; sur l'or des harnais se concentre la lumière du soleil : il semble que le feu purifiant, joyeux que le roi ait ordonné la lustration de son armée (99), ne la puisse plus quitter.

Et voici ses éléphants ! Leurs oreilles semblent être de blancs chasse-mouches ; ils dégouttent la liqueur du rut (100), qui se rougit au vermillon de leurs joues ; sur le chemin, ce sont comme autant de fils des monts, au front taché de blanc par les nuages d'automne, ruisselants du rouge suc des minéraux, que leurs pères épouvantés envoient pour suivre l'armée !

Et la poussière soulevée par les troupes voile l'éclat du soleil, dans la pensée, dirait-on, que le roi ne saurait supporter même de voir un rival épancher sa splendeur !

Sans le quitter d'un pas, les deux reines le suivent sur le chemin : ce sont la Gloire et la Victoire, qu'il semble traîner au bout d'une chaîne, celle de son habile politique !

Sous le vent, la soie des bannières de son armée alternativement se replie sur elle-même et se déploie : vous diriez qu'elle crie à ses ennemis : « Prosternez-vous ! — Fuyez ! »

Ainsi s'avance le roi et il voit dans tout le champ de l'horizon les lotus blancs épanouis, comme autant de chaperons du serpent Çesha (¹¹¹), que ce dernier aurait relevés, dans la crainte que le poids de la Terre ne devienne écrasant !

Entre temps, les espions, déguisés en vagabonds de la secte des Porteurs-de-crânes (¹¹²), et stylés par Yaugandharâyaṇa, avaient atteint la ville de Bénarès. L'un d'eux, qui savait faire des tours et qui disait la bonne aventure, tenait le rôle de maître; les autres se donnaient pour ses disciples et, à ce titre, ils faisaient le boniment quand il quêtait des aumônes de ci, de là : « Voilà notre maître ! Il connaît le passé, le présent, l'avenir ! »

On consulta ce devin. Les événements qu'il prédisait, des incendies par exemple, se réalisaient : ses disciples y tenaient la main en secret ! Il acquit par là grande réputation.

Grâce à sa magie de pacotille, il fit la conquête d'un certain noble, courtisan et favori du roi, qui se trouvait là et il l'eut entièrement dans la main. Ce personnage servit d'interprète au roi de Bénarès pour consulter le devin, qui eut ainsi l'occasion de connaître les instructions secrètes qu'on donna quand le roi de Vatsa eut commencé les hostilités.

Le ministre de Brahmadatta, Yôgakaraṇḍaka, disposa des embûches sur le chemin du roi de Vatsa, quand celui-ci approcha. Tout le long de la route, il fit contaminer, au moyen de poisons et d'autres substances nocives, les arbres, les lianes fleuries, les eaux et les herbes. Il introduisit dans l'armée, comme filles de joie, des filles-poisons (¹⁰³) et il y dépêcha aussi des hommes, assassins déguisés, qui devaient opérer pendant les nuits.

L'espion, en jouant son rôle de diseur de bonne aventure, eut connaissance de tout cela et il se hâta d'en informer Yaugandharâyaṇa par l'intermédiaire de ses acolytes. Mis au courant de la chose, le ministre, à mesure qu'on avançait sur la route, remédia à la souillure des herbes, des eaux, etc., au moyen de contre-poisons. Il interdit dans l'armée tout commerce avec des femmes inconnues et, aidé par Rumaṇvat, il fit arrêter et mettre à mort les assassins.

Quand Brahmadatta en reçut la nouvelle, voyant ses stratagèmes réduits à néant et tout l'horizon fourmillant des troupes du roi de Vatsa, il se dit que ce dernier était bien difficile à vaincre! Après délibération, il envoya d'abord un ambassadeur; puis, quand le roi de Vatsa approcha, il vint lui-même, de son propre mouvement, faire acte de soumission en portant les mains jointes à son front.

Quand il fut là, offrant tribut, le roi de Vatsa l'accueillit avec égards et faveur, car les héros aiment qu'on ploie devant eux.

Ce succès remporté, Udayana pacifia l'Orient. Ceux des rois qui cédaient, il leur faisait courber la tête. Ceux qui résistaient, il les extirpait. Ainsi fait l'orage pour les arbres. Et il atteignit, dans la plénitude de sa force, la mer de l'Est, qu'agitait le mouvement des vagues, tremblement, eût-on dit, causé par la terreur d'avoir vu le Bengale conquis !

Sur la pointe extrême de la côte, il dressa une colonne de la Victoire : vous l'eussiez prise pour le roi des Serpents ([illegible]) sorti du gouffre afin d'implorer la paix pour le monde souterrain !

Les Kalingas ([illegible]) se soumirent, payèrent tribut, et avec eux pour guides, la gloire du glorieux monarque escalada le mont Mahêndra ([illegible]). Pareils aux cimes des Vindhya qui seraient venus se joindre à l'armée par terreur d'avoir vu le Mahêndra humilié, les éléphants écrasèrent une forêt de rois, puis Udayana prit la direction du Sud.

Les adversaires qu'il y trouva, il fit d'eux ce que l'automne ([illegible]) fait des nuages : vides de sève, pâles et sans voix, ils n'eurent de refuge que sur les montagnes.

Il passa la Kâvêrî et il rendit troubles, en les foulant aux pieds, à la fois la rivière et la gloire du roi des Côlas ([illegible]). Chez les Muralas ([illegible]), il ne permit pas qu'on cessât, les hommes, de courber la tête, les mains jointes au front, les femmes, de s'aplatir les seins à grands coups. Ses éléphants burent l'eau de la Gôdâvarî, divisée en sept branches; et, ruisselant de la liqueur du rut, ils semblèrent la restituer sous cette dernière forme, en autant de torrents!

Enfin, ayant traversé la Rêvâ (¹), le roi de Vatsa atteignit Ujjayinî, où il fit son entrée avec Mahâsêna-le-Cruel, qui lui céda le pas. Et les femmes du Mâlava (²), doublement embellies par leurs guirlandes de fleurs et par leurs boucles flottantes, firent de lui sur-le-champ le point de mire de leurs regards furtifs.

Il demeura là, jouissant de son loisir, et son beau-père lui fit si bonne chère qu'il en oublia les plaisirs du chez soi, après quoi pourtant l'on soupire! Vâsavadattâ ne quittait pas son père et, se remémorant son enfance, au milieu même du bien-être, sa pensée paraissait se trouver ailleurs. Quant à Mahâsêna-le-Cruel, il montrait autant de joie d'avoir Padmâvatî près de lui que d'avoir sa propre fille!

Le roi de Vatsa fut donc content de se reposer là quelques jours. Après quoi, accompagné par les troupes de son beau-père, il se dirigea vers l'Occident.

Sa vaillance était un feu qui l'embrasait et la

lame de son glaive, sans doute, en était la fumée, puisque aux femmes du Lâṭa elle fit jaillir des larmes qui leur troublèrent les yeux!

« Pourvu qu'il n'aille pas me déraciner pour baratter l'Océan! » sembla se dire le mont Mandara (111), quand ses éléphants en firent voler les forêts au vent! C'était un astre vraiment, et quel contraste il faisait avec le soleil et les autres corps célestes! Aux lieux même où ceux-ci se couchent il culminait, ce triomphateur!

De là, il prit la direction de cette région dont Kuvêra est la parure et qui annonce qu'on touche à Alakâ, heureuse contrée qui voit le rire du Kailâsa (112)! Il reçut le roi du Sindhu (113) à discrétion; puis, à la tête de sa cavalerie, il courut sus aux Barbares — vous eussiez dit Râma à la tête de l'armée des singes! — et il les extermina, comme celui-ci fit des Démons (114)!

De même que les flots d'une mer agitée contre une falaise, les hordes des Turushkas (115) à cheval se brisèrent contre les lignes de ses éléphants énormes et elles s'éparpillèrent dans les bois. Il reçut le tribut des ennemis, dans sa gloire et — tel Vishṇu saisissant son disque — il coupa la tête au méchant roi des Perses (116) — comme le dieu fit au démon Râhu (117).

Il écrasa les Huns (118) et sa renommée, faisant retentir tous les quartiers de l'espace, ruissela comme un autre Gange dans l'Himâlaya. Quand ses armées poussaient leurs cris, la terreur faisait tenir cois ses ennemis : seuls répondaient les échos dans les ravins des montagnes !

Le roi du Kâmarûpa ([110]) courba la tête devant lui, sans se protéger du parasol, se dépouillant à la fois d'ombre et d'éclat ; on n'en sera point étonné !

Lors, le souverain prit le chemin du retour, accompagné par les éléphants que ce roi lui avait donnés, comme par autant de rochers ambulants que les montagnes lui eussent livrés pour payer leur tribut.

Ayant ainsi subjugué la Terre, le roi de Vatsa avec tout son train atteignit la capitale du roi de Magadha, père de Padmâvatî. Et quand il fut arrivé avec les deux reines, ce roi fut dans une allégresse pareille à celle d'Amour quand la lune vient éclairer la nuit. Vâsavadattâ avait demeuré chez lui incognito ; elle y revenait à visage découvert : il jugea qu'elle devait être de sa part l'objet d'égards exceptionnels.

Enfin, acclamé par le roi de Magadha et sa ville, accompagné par les cœurs de tout le peuple, qui le suivaient avec amour, le roi de Vatsa, ayant avec ses forces colossales englouti toute la surface de la Terre, se dirigea sur Lâvâṇaka et il rentra dans son propre pays en triomphe.

CHAPITRE XII

LE RETOUR TRIOMPHAL

LE roi de Vatsa fit halte à Lâvâṇaka pour donner du repos à son armée. Prenant Yaugandharâyaṇa à part, il lui dit :

« Grâce à ton intelligence, je domine tous les rois de la Terre. Gagnés par les procédés de la politique, ils ne vont pas être félons. Mais il y a le roi de Bénarès, ce Brahmadatta ! Il est malintentionné ; cela va faire un félon, j'en suis sûr ! Quelle confiance avoir dans les fourbes ? »

A ces paroles du roi de Vatsa, Yaugandharâyaṇa répliqua :

« Non, sire ! Brahmadatta ne vous réserve point de nouvelle félonie. Quand vous lui avez mis le pied dessus et qu'il s'est soumis, vous avez eu pour lui les plus grands égards. Quel homme commettrait une vilaine action contre celui qui l'a honorablement traité, s'il est dans son bon sens ? Ou bien, en admettant qu'il le fasse, la chose ne saurait tourner qu'à son détriment. Si Brahmadatta, que vous avez vaincu, puis que vous avez bien traité, se conduit d'une manière déloyale, il faudra, grand roi, le mettre à mort ! »

Le roi de Vatsa approuva ce discours de son premier ministre et, s'étant levé, il vaqua à ses affaires du jour. Le lendemain, ses desseins étant accomplis puisqu'il avait achevé la conquête du monde, il leva le camp et il quitta Lâvâṇaka pour sa ville de Kauçâmbî.

En quelques étapes il arriva, souverain de la Terre, avec son cortège dans la ville, qui dansait de joie, eût-on dit, ses oriflammes au vent semblant autant de souples bras. Et il y fit son entrée et, à chacun de ses pas, il souleva, parmi les yeux des citadins, l'émoi que parmi la forêt des lotus soulève le premier souffle du zéphyr. Au milieu des chants des ménestrels, des louanges des bardes, des génuflexions des rois vassaux, il pénétra dans son palais.

Alors, aux rois de tous les pays prosternés, le roi de Vatsa dicta ses commandements et il monta triomphalement sur ce trône qu'il avait trouvé naguère dans le trésor enfoui, ce trône où ceux de sa race avaient coutume de s'asseoir.

A cette occasion furent célébrés des rites propitiatoires, que scandèrent les sons clairs, les sons graves des instruments, dont les échos emplirent le firmament, comme si les dieux gardiens de l'univers, contents du premier ministre, chacun dans sa région céleste, criaient ensemble bravo!

Et le roi de Vatsa, magnifique, distribua aux brâhmanes les trésors de toute espèce qu'il avait acquis en conquérant la Terre. Il donna de grandes fêtes et il combla les désirs de sa cour de rois et ceux de ses ministres.

Sur tout champ, selon ses mérites, le roi répandit sa pluie : la cité retentissait du roulement des tambours, qui faisait comme le grondement des nuages; et le peuple, lui aussi, confiant dans la riche moisson de grains qui s'annonçait, dans chaque maison célébrait la fête (¹¹)!

Ayant ainsi subjugué le monde, le roi de Vatsa, ses desseins étant accomplis, passa à Yaugandharâyaṇa et à Rumaṇvat le fardeau du gouvernement et il vécut à sa guise avec Vâsavadattâ et Padmâvatî.

Assis entre les deux reines, comme entre la Gloire et la Fortune, chanté par la fleur des ménestrels, il aimait à jouir du lever de la lune, blanche comme sa propre gloire, en humant le rhum sans discontinuer, de même qu'il avait englouti la puissance de ses ennemis!

NOTES

(Ces notes sont exclusivement destinées au lecteur non-indianiste ; elles n'ont pour objet que de faciliter la lecture de cette traduction; on n'y trouve donc aucun détail d'érudition.)

N. B. — Les titres des chapitres ont été ajoutés par le traducteur.

(1) Le Vatsa, dont il est impossible de préciser les frontières, surtout à l'époque où le roi Udayana a pu réellement exister (v^e-vi^e siècle avant notre ère), s'étendait à l'ouest de Bénarès, dans la vallée de la Yamunâ (moderne Jummâ); la capitale, Kauçâmbî, aujourd'hui ruinée, s'élevait sur la rive gauche de la Yamunâ, à quelque cinquante kilomètres de la ville moderne d'Allahabad.

(2) L'ancienne géographie indienne se plaît à figurer la Terre, c'est-à-dire le monde indien, sous la forme d'une fleur de lotus, dont les diverses contrées forment les pétales.

(3) Arjuna, l'un des cinq Pâ*nd*avas, dont les exploits sont célébrés dans le Mahâbhârata. Les Pâ*nd*avas appartiennent à la race qui doit son origine mythique à la Lune (voir *infra*). Indra, le plus en vue des dieux védiques, est par excellence le héros destructeur des monstres.

(4) Les luttes entre les Dieux et les Asuras, autres êtres divins, rivaux des premiers, sont un des thèmes familiers de la mythologie brâhmanique. Se rappeler la lutte des Dieux et des Titans dans la mythologie grecque. Les Asuras ont le dessous, mais ne sont pas définitivement détruits ; d'où la possibilité d'imaginer autant de guerres nouvelles qu'on le veut, entre Dieux et Asuras.

(5) Mâtali est le cocher du char d'Indra et son messager ordinaire.

(6) Dans ce récit qui fourmille d'anachronismes de toutes sortes, l'auteur, on le voit, fait remonter à une haute antiquité le sacrifice de la *sati* (la veuve qui se brûle avec le corps de son mari); en réalité, cette coutume est relativement moderne.

(7) Surnom du dieu Brahmâ. C'est seulement dans la mythologie très postérieure au védisme que la figure de ce dieu s'est formée. Il est piquant de voir ici le vieil Indra védique allant lui faire sa cour. Mais cela n'est pas pour choquer un Indien; les diverses couches de mythes se superposent, sans que l'une chasse l'autre.

(8) Les Vasus sont une catégorie d'êtres divins, à laquelle appartient Indra lui-même, leur chef, d'où son surnom de Vâsava (cf. infra); ils composent la suite ordinaire de leur maître.

(9) Les apsaras sont des nymphes célestes.

(10) Brahmâ.

(11) Ayodhyâ (moderne Oudh, aujourd'hui déchue), la fameuse capitale du Kosala, où régna le héros Râma (Voir le Râmâyana).

(12) Garuda est l'oiseau gigantesque, ennemi des Nâgas (serpents), monture du dieu Vishnu. Le conte de l'oiseau ravisseur est un thème commun de récit populaire (*Histoire vraie*, de Lucien; *Mille et une nuits*); l'oiseau est le rokh des contes arabes (*Sindbad le Marin*, *Merveilles de l'Inde*). La source de ces contes de voyages paraît être indienne.

(13) Montagne fabuleuse qui borne l'horizon à l'est et derrière laquelle se lève le soleil.

(14) Parce que le saint rayonne autant que le soleil.

(15) Sauvage des montagnes, d'une de ces races encore subsistantes, qui sont antérieures dans l'Inde non seulement aux Aryens, mais aux Dravidiens.

(16) Le serpent est un naga, c'est-à-dire un dieu-serpent du monde souterrain, où les nâgas ont des villes et des palais, pleins de trésors. Le culte des serpents a été emprunté vraisemblablement par les Aryens de l'Inde à la religion des aborigènes.

(17) Vâsuki est le roi légendaire des Nâgas.

(18) Les fleurs que portent les dieux comme parure ne se fanent jamais : c'est un des traits auxquels on les reconnait quand il se promènent parmi les hommes (cf. Nala et Damayanti, dans cette Collection). La mention du bétel est un anachronisme, car l'usage du bétel dans l'Inde est bien postérieur à notre ère.

(19) C'est-à-dire où les cheveux commencent à blanchir sur les tempes.

(20) Udayana peut signifier quelque chose comme « ascension ».

(21) Selon l'enseignement traditionnel de tous les livres de loi, l'homme vieillissant doit se préparer à la mort en allant méditer dans une solitude. Nos lecteurs se rappelleront le beau conte de R. Kipling : *Le miracle de Purun Bhagat.*

(22) Le luth indien. On trouvera, sur les formes modernes de l'instrument, des détails dans l'Encyclopédie de la musique de Lavignac.

(23) Ujjayinî (Ozênê des voyageurs grecs), ville principale de l'Avanti, sur la Siprâ, à plusieurs reprises capitale d'un puissant royaume : aujourd'hui Oujjeïn, petite ville déchue.

(24) *Candî* « la Terrible, la Cruelle », surnom de l'épouse du dieu Çiva, appelée aussi Gaurî, Pârvatî, Umâ, etc.

(25) Les procédés ordinaires, pour venir à bout d'un ennemi, sont, d'après les traités de politique : les paroles conciliantes, la corruption par les présents, l'art de semer la division chez l'adversaire, la force armée. — La phrase qui précède fait allusion à ces quatre procédés.

(26) Mahâkâla est un nom du dieu Çiva, figuré sous la forme du linga, qui n'est autre, en somme, qu'un obélisque. Le Linga d'Ujjayinî, fameux dans toute l'antiquité indienne, fut enlevé par les Musulmans au XIIIe siècle. — Le Kailâsa (la montagne d'argent) est un pic de l'Himâlaya, demeure de Çiva. Ce dernier est le dieu suprême de l'une des deux religions sectaires, postérieures au védisme, qui ont commencé à se partager l'influence dans l'Inde plusieurs siècles avant notre ère (l'autre est la religion de Vishnu).

(27) Nom de l'éléphant du dieu Indra.

(28) Daitya, dânava, sont pratiquement des synonymes d'asura.

(29) Démon.

(30) Voir note 28.

(31) Il fait un tûsh*n*i*m*ça*m*sa, « louange à la muette », prière qu'on récite mentalement.

(32) Ceci fournit l'explication de la grande fête locale d'Ujjayinî, celle de l' « oblation d'eau » (udakadânaka) aux mânes d'A*n*gâraka.

(33) Voir l'explication de ce nom note 8.

(34) L'histoire de ce fils, Naravâhanadatta, fera le sujet des livres suivants du Kathâ-sarit-sâgara.

(35) Ce nom signifie en effet « donnée par Vâsava ».

(36) Allusion au mythe célèbre du barattement de l'Océan. De cette opération surgit la déesse Lakshmî (la « Fortune » ou la « Beauté »), assignée comme épouse au dieu Vish*n*u.

(37) On songera au cheval de Troie.

(38) Dans la légende d'Udayana selon les textes bouddhiques du Sud, c'est comme charmeur d'éléphants qu'Udayana possède une science exceptionnelle : Mahâsêna lui donne pour élève sa fille, afin de lui ravir le secret de ses formules magiques.

(39) Ce terme désigne des tribus aborigènes des monts Vindhya, noires et non aryanisées, mais pourvues d'une certaine organisation politique et pratiquement indépendantes, quoique nominalement vassales des rois de la plaine. Les Pulindas sont la terreur des caravanes.

(40) Voir note 26.

(41) Sorte de démons hantant les cimetières et experts en magie noire.

(42) Déesse de la musique et de l'éloquence.

(43) Selon la vieille théorie brâhmanique du sacrifice, le paiement d'honoraires (dakshi*n*â) aux brâhmanes participant à la cérémonie est un rite nécessaire. Seulement le sacrifice à Sarasvatî n'est ni ancien ni obligatoire.

(44) Synonyme de Pulindas.

(45) Il s'agit de la liqueur qui suinte aux tempes de l'éléphant au moment du rut.

(46) Allusion à un mythe célèbre : les montagnes étaient des êtres volants. Indra les rendit immobiles sur la terre en leur coupant les ailes.

(77) La joie des paons, à la fin de la saison chaude, quand gronde le premier orage de la saison des pluies, est un des thèmes favoris de la poésie descriptive.

(78) Le Gange (le nom est féminin en sanscrit, Ga*n*gâ) passe pour prendre naissance chez les dieux : il descend du ciel sur la terre dans l'Himâlaya.

(79) De même que, selon l'étiquette, un roi est éveillé à l'aube, par les louanges des ménestrels.

(80) L'arc du dieu Amour est fait de fleurs ; l'énumération de ses flèches mystiques est un lieu commun poétique.

(81) C'est le rite essentiel de la cérémonie du mariage.

(82) Kuvêra, un des grands dieux « gardiens du monde », celui qui garde la région du Nord. Il siège comme Çiva, dans l'Himâlaya; sa montagne est le Hêmakû*t*a, le « Pic d'or ». Il est le « Roi des trésors », le dispensateur des biens matériels, le chef des Enchanteurs. Sa place dans les religions officielles est très effacée; mais à titre de « dieu riche », patron des banquiers, des marchands, il a eu beaucoup de fidèles !

(83) Nom d'une espèce d'oie (anas casarca) qui est le symbole de l'amour conjugal : les *c*akravâkas gémissent pendant la nuit qui sépare le mâle de sa femelle et ils se réjouissent en revoyant le soleil. Ils fournissent à la poésie indienne un thème inépuisable d'allusions et de comparaisons.

(84) C'est surtout à ce titre qu'Udayana est un des héros favoris de la comédie. L'aventure de Bandhumatî (infra) fournit le schéma ordinaire d'une comédie indienne (ex. Priyadarçikâ, Ratnâvali (Voir Introduction).

(85) Les Gandharvas sont des musiciens célestes, lubriques, ravisseurs de femmes. Le mariage selon le rite des Gandharvas est celui — d'ailleurs tenu pour valable — où les formalités se réduisent au consentement mutuel.

(86) Il s'agit d'une de ces nonnes bouddhistes, familières des gynécées royaux, auxquelles la comédie classique réserve volontiers le rôle d'entremetteuse.

(87) Voir chapitre Ier et note 3.

(88) Hastinâpura (voir chapitre X et note 93).

(89) Le Magadha est le royaume à l'est de celui de Bénarès, dans les vallées du Gange et du Sone. La capitale, à l'époque où nous reporte le conte, était Râjag*r*iha. Elle fut ensuite

Pâ*t*aliputra (Palibothra des voyageurs grecs), appelée aussi Kusumapura (la « ville des fleurs »), actuellement Patna. A l'époque d'Alexandre, le Magadha était le royaume le plus riche et le plus puissant de l'Inde ; il devint ensuite le noyau de l'immense empire des empereurs Mauryas (IVe-IIIe siècle avant notre ère) et, plus tard, il devait être celui de l'empire de la dynastie Gupta. Sur le nom du roi, notre auteur commet une bévue. Pradyôta est, en réalité, le vrai nom du roi d'Ujjayinî, surnommé Mahâsêna-le-Cruel. Le roi de Magadha, selon les traditions historiques, s'appelait à l'époque d'Udayana, Darçaka et la princesse Padmâvatî était, non sa fille, mais sa sœur.

(60) Ville du Kosala, au nord d'Ayodhyâ : c'est une des places saintes du bouddhisme.

(61) C'est la donnée du Râmâya*n*a, mais l'interprétation donnée ici du dessein des dieux est fantaisiste.

(62) Ce personnage, de physionomie assez trouble, qui a beaucoup d'un sorcier, est l'intermédiaire entre les dieux et les hommes.

(63) Voir note 3.

(64) Nom de l' « arbre à corail » dont les fleurs sont de la couleur du carmin. C'est un des cinq arbres du Paradis, surgi lors du barattement de l'Océan et possédé par le dieu Indra.

(65) Le mariage de Draupadi, devenue l'épouse commune des cinq Pâ*nd*avas, est l'un des épisodes les plus célèbres du Mahâbhârata. L'indice qu'on en a voulu tirer touchant une polyandrie primitive, n'a aucune valeur.

(66) Râjag*r*iha (voir note 59).

(67) Ce nom n'en est pas un ; il signifie seulement « originaire d'Avanti » ; le terme s'applique bien d'ailleurs, puisque Vâsavadattâ est fille du roi d'Avanti.

(68) Il y a dans ce détail une invraisemblance énorme. De Lâvâ*n*aka à Râjag*r*iha, il y a bien quarante lieues ; or, le ministre sera de retour à Lâvâ*n*aka le même soir.

(69) Voir le Râmâya*n*a.

(70) Épisode célèbre du Mahâbhârata.

(71) C'est le tilaka, grain de beauté postiche de la forme

d'un grain de sésame; certaines sectes l'ont adopté comme signe de reconnaissance (et voir note 18).

(72) Rati, « la jouissance » personnifiée, donnée comme épouse au dieu Amour. La peinture d'Amour ayant perdu Rati est un thème poétique banal.

(73) Voir note 51.

(74) Voir dans le Râmâyana, l'épreuve de Sitâ. Il s'agit pour elle de démontrer, par une épreuve qui peut être mortelle, sa fidélité conjugale.

(75) Les paons dressent le cou, dans l'attente des premières gouttes d'eau qu'ils veulent happer (voir note 47).

(76) Voir note 50.

(77) Voir note 62.

(78) Voir notes 4 et 28.

(79) L'une des apsaras (voir note 9) les plus fameuses, à cause de ses talents de danseuse.

(80) A la cour des rois, il y a un maître de ballet du roi et un maître de ballet de la reine; de même à la cour des dieux. Tumburu est un gandharva (voir note 55) dont le nom est célèbre.

(81) C'est une danse très mouvementée, et souvent mentionnée, mais nous n'en connaissons pas le schéma.

(82) Le nom de Krishna n'est, à l'époque de notre texte, qu'un synonyme de Vishnu. Mais ce n'est pas sans raison que le dieu, en l'occurrence, est mentionné sous ce nom : Krishna, selon sa légende, danse avec ses amantes, dans le bois de Vrindâvana; à ce titre, il est patron des danseuses.

(83) Nom d'un lieu fameux de pèlerinage, à l'une des sources du Gange, la Badarî.

(84) Il est impossible de localiser exactement cette ville, dont le nom signifie « obscurité ».

(85) Entendez qu'elle ne veut pas recevoir un homme sans témoin.

(86) La vache d'Indra, de laquelle on « trait » la satisfaction de tous les désirs.

(87) C'est la formule de la doctrine du « karman », base de la croyance à la transmigration des âmes:

(88) Les deux vases à la panse arrondie, exposés pleins d'eau devant chaque porte en signe de joyeux accueil.

(89) Umâ, épouse de Çiva (voir note 24); Çri (la Fortune), autre nom de Lakshmî (voir note 36).

(90) Pour Rati, voir note 72; Prîti (la tendresse) est l'autre épouse du dieu Amour.

(91) Génies de la suite de Kuvêra (voir note 52), et à ce titre, gardiens des trésors cachés.

(92) C'est au nord, en effet, ou plus exactement dans les marches du nord-ouest, que le monde indien s'est trouvé en contact avec les envahisseurs barbares venus de l'Asie centrale : Çakas, Yue-Tchi, Turushkas, Hûnas, etc. Les Aryens avaient d'ailleurs, bien des siècles auparavant, suivi le même chemin.

(93) Hastinâpura (voir note 58) passait pour avoir été fondée par le roi Hastin (le nom signifie au propre «éléphant»), ancêtre d'Udayana qui descend, selon notre texte, des Pândavas. Cette ville, anciennement ruinée, fut le siège d'un royaume aryen septentrional, à l'époque où la conquête aryenne ne s'était pas encore étendue jusqu'au golfe du Bengale. Elle s'élevait près de la rive droite du Gange, dans la plaine (au nord-est de Delhi), où le fleuve coule à peu près du nord au sud. L'abandon de Hastinâpura comme capitale eut sans doute pour cause la progression des Aryens vers l'Océan de l'est et le déplacement du centre de l'influence politique; mais la mention qui en est faite ici repose sur des faits historiques.

(94) Allusion à un des plus fameux épisodes du Râmâyana : Râma, accompagné par l'armée des singes et pourchassant le démon Râvana dans sa retraite insulaire de Lankâ, se dispose à jeter un pont sur le détroit.

(95) Voir note 34.

(96) L'ancêtre de sa race.

(97) C'est la région au nord du Magadha, entre l'Himâlaya et le Gange.

(98) Voir note 44.

(99) Cérémonie religieuse, prescrite par le rituel de basse époque, avant l'entrée d'une armée en campagne.

(100) Voir note 45.

(101) Le serpent mythique aux multiples têtes, dans le giron duquel dort Vishnu, et qui porte la Terre.

(102) Les porteurs de crânes (kâpâlikas) sont une secte d'ascètes çivaïtes qui se parent de crânes, mangent dans un crâne : vagabonds et mendiants, sorciers et diseurs de bonne aventure, à l'occasion brigands de grands chemins, ils sont à la fois méprisés et redoutés.

(103) Femmes douées de propriétés démoniaques, dont le contact donne la mort. Thème fréquent de contes populaires dans le folk-lore de divers peuples.

(104) Voir notes 16 et 17.

(105) Le Kali*n*ga est la plaine étroite qui borde le golfe du Bengale au sud de la Mahânadi (côte d'Orissa).

(106) Le Mahêndra est la crête des Ghâts, qui domine le Kali*n*ga à l'ouest.

(107) C'est, dans l'Inde, une saison sèche.

(108) Côte de Coromandel.

(109) Partie méridionale de la côte de Malabar.

(110) Autre nom de la Narmadâ.

(111) C'est la même chose que l'Avanti.

(112) Le Mandara, montagne sainte, servit aux dieux pour baratter l'Océan (voir note 36).

(113) Cette région est le nord. La marche d'Udayana constitue un pradakshi*n*a, c'est-à-dire un tour circulaire dans le sens des aiguilles d'une montre ; c'est le sens d'une procession rituelle d'heureux augure. — Alakâ est la ville divine de Kuvêra (voir notes 26 et 52).

(114) Plaine moyenne de l'Inde (Penjab du Sud).

(115) Voir note 94.

(116) Il y a ici un énorme anachronisme. Ces barbares (Turushkas et Huns) n'ont fait leur apparition que très postérieurement au début de notre ère, les Huns dans la seconde moitié du ve siècle. Quant aux Perses, leurs relations avec l'Inde sont très anciennes, mais le nom de Perses (Pârasîka) qui leur est donné ici est tardif. L'auteur cachemirien a évidemment dans la mémoire les luttes récentes avec les peuples de la frontière nord-ouest.

(117) Le démon de l'éclipse qui dévore la lune : allusion à l'un des plus fameux exploits de Vish*n*u.

(118) L'Assam.

(119) Le roi fait au peuple des distributions de céréales.

TABLE DE CONCORDANCE

ENTRE LA PRÉSENTE TRADUCTION ET LE TEXTE DU *KATHÂ-SARIT-SÂGARA*

CHAPITRES de la traduction	CHAPITRES du K. S. S. selon la division en livres	CHAPITRES du K. S. S. selon la division en tarangas	VERS
—	—	—	—
I	II, 1	IX	4-90 (*fin*)
II	2	X	1-5
III			199-217 (*fin*)
	3	XI	1-83 (*fin*)
IV	4	XII	1-77
			195 (*fin*)
V	5	XIII	1-53
			195-196 (*fin*)
VI	6	XIV	1-36
			57-74
			88-90 (*fin*)
VII	III, 1	XV	3-10
			19-29
			54-62
			80-84
			95-96
			103-134
			141-149 (*fin*)
VIII	2	XVI	1-35
			44-123 (*fin*)
IX	3	XVII	1-63
			133-135
			148-171 (*fin*)
X	4	XVIII	1-67
			406-407 (*fin*)
XI	5	XIX	1-15
			50-118 (*fin*)
XII	6	XX	1-6
			219-230 (*fin*)

———

TABLE DES MATIÈRES

LA COLLECTION DES CLASSIQUES DE L'ORIENT EST IMPRIMÉE SUR LES PRESSES DE P. MERSCH, L. SEITZ ET Cie, 17, VILLA D'ALÉSIA, A PARIS.

www.ingramcontent.com/pod-product-compliance
Lightning Source LLC
LaVergne TN
LVHW012008220826
846092LV00001B/278

9782329084626